COLLECTION Es ist Fasnacht. Eine verwahrloste Frau **S.FISCHER** wird aufgegriffen und in eine psychiatrische Klinik eingeliefert. Sie fällt der Ärztin Dr. Mazzolini sofort auf wegen ihres ungewöhnlichen Sprachvermögens, wobei es immer wieder um Masken, Gletscher und Südamerika geht; aber sie gibt sich nicht zu erkennen oder aber sie hat ihr Gedächtnis verloren.

Dagegen berichtet der Erzähler von einem Besuch bei Karlina Piloti im magisch-realistisch entworfenen Allgäu, bei dem sie ihn einführt in die Künste: zu denken, zu empfinden, zu sprechen und zu schreiben, zu suchen und zu überleben. Dann verschwand diese Frau, und er beginnt, sie zu suchen.

An diesen beiden Extrempunkten beginnt der Roman. Der Erzähler sucht Karlina, die ihm abhanden gekommen ist, und Frau Dr. Mazzolini bemüht sich, über Karlina, die bei ihr ist, etwas herauszufinden.

Während Karlinas Angstzustände immer heftiger werden und sie sich immer mehr in ihre Sprach- und Bilderwelt zurückzieht und damit immer rätselhafter wird, nähern sich die zwei Suchenden nur sehr langsam. Was bleibt sind die Geschichten . . .

W0178140

Personen und Orte sind erfunden.

Gerhard Köpf

Innerfern

Roman

S. Fischer

**COLLECTION
S.FISCHER**

Herausgegeben von
Thomas Beckermann

Band 33
© 1983 S. Fischer Verlag GmbH, Frankfurt am Main
Originalausgabe:
Veröffentlicht im Fischer Taschenbuch Verlag GmbH
Frankfurt am Main, September 1983
Umschlagentwurf: Rambow, Lienemeyer, van de Sand
unter Verwendung des Bildes *Feuerland* von Werner Jost
Gesamtherstellung: Georg Wagner, Nördlingen
Printed in Germany 1983
1680-ISBN-3-596-22333-4

Drachen unterscheiden sich von fast jedem anderen Gesprächspartner, dem wir begegnen können, durch eine Fragestellung, auf die es eine und nur eine Antwort gibt . . .

Drachen fragen nicht nach Gesetzmäßigkeiten, sie fragen nach *etwas Bestimmtem* . . .

Das läßt sich auch so ausdrücken, daß *jeder nur seinem, einzigartigen Drachen begegnet* . . .

Das Wesentliche an der Begegnung mit dem Drachen ist, daß wir in ihm einer Erfahrung begegnen, die all unsere früheren Erfahrungen negiert . . .

Ein Weltbild, das mit der Möglichkeit rechnet, daß jeder früher oder später *seinem* Drachen begegnet, *seiner* Negation, *seiner* Frage, *seinem* Untergang oder *seiner* Rettung, mag düster erscheinen, ist aber in Wirklichkeit von einem tiefen, fundamentalen Optimismus geprägt.

Leider ist es nicht ganz sicher, ob dieser Optimismus auch wirklich begründet ist.

Lars Gustafsson: Von Drachen

Meridiana I

In diesem Augenblick sah ich, las ich, *den Mund zum Himmel
gedreht, etwas so Unerwartetes, daß ich mich verschluckte:
In einer Nische stand zwischen saftigen Pflanzen eine hochge-
wachsene weiße Frau auf einem Sockel und verspeiste, ohne sich
zu bewegen, die herabflatternden Vögel, die zwitschernd in ihren
Mund schlüpften. Fast glaubte ich, das Knacken der Knöchelchen
zu hören.*

Dies wirklich zu glauben ist alles, worauf es ankommt.

Die schimmernde Verlockung des Möglichen, ganz nah.

Ein Biß in die Zunge, und schon tropfte die Erinnerung
herunter.

Derlei geschähe ohne Wissen: ein Lachen von fern, oder ein
Schuß, verhallend über einem uferlosen Meer, als hinge man
im Himmel und zöge darüber hinweg, davon, hinein in nie
Geschehenes, samten und geschmeidig. Ein Flieger, der nie
mehr landen wird.

Das Gedächtnis aber ist ein aufplatzendes Gestein, bebend
vor Begehren, still aus dem Dunkel gekommen, ohne An-
kündigung.

Betörende Schönheit entstünde um eine Hoffnung herum,
unwiederbringlich wie die Zeiten porzellanener Kindheit, so
kostbar wie zerbrechlich, da jeder Tag noch überschüttet
war von flirrenden Geheimnissen. Nichts gab es, das nicht
versprochen worden wäre.

Später jedoch gleicht die zu durchmessende Ebene einem
durchsichtig zugefrorenen See: ein Weg, den zu gehen Zuversicht nötig ist, Umsicht und Vertrauen.

Weit weg lägen die zagen Stimmen und Wünsche, beharrlich wartend hinter Türen und Fenstern, in Häusern, zwischen Mauern und Steinen, bis einer käme und sie ins Freie

entließe – einer mit dem Mund schon voll feuchter Erde, zitternd vor Schwäche und Kühnheit und überstürzter Einsicht, ehe er auseinanderflöge wie ein Turm aus Geröll.

Danach würde die Stille bersten, als gerönne das Hirn, als höhlte sich der Schädel aus, indes das Gesicht flattert, getroffen von einem unsichtbaren Schlag.

Ein Biß in die Zunge, die Erinnerung tropft herunter, und die Geschichte kann beginnen.

Winteraustreiben

Auftritt der Tod im Wirbel der Konfetti.

Die Gassen hinauf und hinunter wanken Larven und Masken, kleine und große vermummte Gestalten mit bizarren Bewegungen, eine sich konisch windende, mit flatternden Fetzen behängte bunte Figurenschraube, ohne Anfang, ohne Ende.

Spöttisch und geil lacht es unter Perücken aus Hanf und Roßhaar.

In schreiende Farben getränkte Sägespäne.

Falten und Kerben sind in die Stirn gestanzt.

Grell geschminkte, hervorquellende Augen schielen, stechend der Blick. Darüber vernarbte Brauen, von groben Stichen in kreuzqueren Nähten zusammengehaltene Wülste.

Eine schartige, gekrümmte Nase, aus deren Löchern Borsten brechen. Als Flügel verwitterte Ohren.

An den Mundwinkeln ausgefranste Lippen, verschmiert. Mitleidlos.

Teufelsgesichtig, von zinnoberroten Wangen eingerahmt. Auf eiweißfleckiger Haut gedeihen schwarzbehaarte Warzen.

Die Schnurrbartraupe – das Maul halboffen und lüstern.

Darin Zahnlücken zwischen schroffen Riffen.

Speichel rinnt zäh über das krumme, von Schrammen durchackerte und nach einer Seite verschobene Kinn. Es ist ein einziges Geschwür.

Übermütig sind die Sprünge der Vermummten, von drohender Dynamik.

Dazu das Schellen und rhythmische Stampfen, die distelhellen Cinellen, das Kreischen der Rätschen und das dumpfe

Dröhnen der mächtigen, auf den Rücken des Tänzers geschnallten Kuhglocke.

Zuletzt tausend blecherne Glöckchen an Hosen und Kittelnähten, am Gürtel, an den Hand- und Fußgelenken, wie Fesseln.

Kreisende Hexen in weiten geflickten Röcken, vier oder fünf übereinander, springen die Menschen an, brechen ein in die Menge am Straßenrand, greifen nach jungen Mädchen.

Winteraustreiben.

Fasnacht.

Totentanz.

Die Kälte der letzten Tage ist gebrochen.

Der Schnee wird weich und krank, die Seeluft riecht schon nach Frühjahr. Ein Föhneinbruch im Februar mit weit sichtbaren Farben einwärts ins schwarze Gebirg zwischen verwehten Wolkenschleiern über einem schwefelgelben Streifen am Horizont.

Noch ist das Jahr nicht alt, es zählt erst ein paar Wochen.

Auf der Straße liegen Konfetti und Luftschlangen, weggeworfene Papierhütchen aus grellbunter Pappe, mit ausgeleiertem Gummi und ausgerissenen Ösen. Bonbonpapierchen, Zigarettenschachteln, Kreppapier, Reste von Baströckchen, Stoffetzen, immer wieder Luftschlangen, bunt, schnell verbraucht.

Manchmal riecht es nach billiger Schminke und Glühwein.

Hastige Fröhlichkeit verhallt.

In diesem Jahr stirbt Eisenhower, Boris W. Spasski wird Schachweltmeister, weltweit werden an die fünf Millionen Selbstmorde verübt. In My Lay findet ein Massaker statt. Wiederholt werden Verkehrsflugzeuge zur Kursänderung gezwungen. Auf dem Prager Wenzelsplatz verbrennt sich jemand. Manfred Wolf schraubt den Weltrekord im Skifliegen auf der Sprungschanze von Planica auf 165 Meter.

Es ist Nachmittag, Mitte Februar.

Bald geht die Sonne unter.

Trotz der Föhnluft ist es noch immer eine Wintersonne, die flach über der Insel im See steht und dem Tag ein milchiges Licht gibt.

Auf den Straßen: Fasnachtsmüll, manchmal vor einem verstopften Gulli knöcheltief.

Der Bundesratspräsident der Bundesrepublik Deutschland tritt in diesem Jahr ab, *Kohlhaas* wird verfilmt.

Der erste Mensch landet auf dem Mond.

Der *Größere Versuch über den Schmutz* erscheint.

Örtlich betäubt.

Nobelpreis für Samuel Beckett.

Die Artisten in der Zirkuskuppel: Ratlos.

Versuch über die Befreiung.

Die Südtirolfrage wird geregelt.

Jagdszenen aus Niederbayern.

Thor Heyerdahls Versuch, den Atlantik mit einem Papyrusfloß altägyptischer Bauweise zu überqueren, mißlingt.

Le gai savoir.

In London werden Sechslinge geboren.

Robin Knox-Johnston erreicht nach 312 Tagen alleinigen Segelns um die Erde wieder England.

Pomp and circumstances.

Gefechte an der Grenze zwischen der Sowjetunion und China lösen den Ussuri-Konflikt aus.

Später, milchiger Nachmittag in einer Stadt am See.

19. Februar.

Konfetti und Kofferradiomusik.

In den Gassen Grüppchen Maskierter und Halbmaskierter. Viele Angetrunkene.

Wie starb Isaak Babel?

Wo ist Serner geblieben?

Woran litt Robert Walser – vor 13 Jahren im Schnee versunken?

Auf einem Spaziergang fällt er jählings auf den Rücken und wird still.

Was ereignet sich an diesem Tag in Vandans im Steintal im Land Innerfern?

Eine kleine, schmächtige, längst nicht mehr junge, leicht vornübergebeugt gehende, mit schnellen Schrittchen trippelnde, verschorfte, nach Urin und Kot stinkende Frau, schnell und doch sehr müde, schreckt die Bewohner einer friedlichen Straße in der Stadt am See auf.

Energisch an den Türen der Siedlungshäuschen klingelnd, behauptet sie eigensinnig in schroffem Ton, sie wohne hier, man solle öffnen, sie besitze unter dem Dach eine Dreizimmermansarde, nein, falsch, dieses Eckhaus sei ihr Eigentum, man lasse sie jedoch nicht ein.

Frauen in Schürzen erscheinen in den Türen, so weit es die Sperrkette zuläßt, Kinder drängen sich neugierig vor, Radios werden leiser gedreht, Kaffeetassen beiseitegestellt.

Eine Betrunkene, beruhigen sich die Bewohner der Straße.

Kopfschütteln und Verwunderung.

Die Frau ist arg heruntergekommen.

Schwarzes fettiges Haar fällt in ein hohlwangiges, erschrokkenes Gesicht, aus dem verstörte Augen schimmern.

Die Frau sieht aus wie ein zum Sterben bereiter Indio.

Ihre Hartnäckigkeit versetzt die Menschen in Unruhe.

Sie läßt sich nicht abweisen, geht von Haus zu Haus, will sich niederlegen, richtet sich wieder auf, will heimkommen.

Niemand möchte, daß vor seiner Tür eine stinkende Frau liegt.

Als sie an der Praxis des Kinderarztes läutet und von der Sprechstundenhilfe durch Knopfdruck auf den Türsummer vorgelassen wird, veranlaßt der Arzt nach kurzem Augenschein und knappem Telefonat mit dem Amtsarzt die Einweisung der Unbekannten in das Psychiatrische Landeskrankenhaus auf der Insel, draußen im See.

Aus der Frau, die sich nicht setzen will, ist nichts herauszubekommen.

Beharrlich verweigert sie jedwede Auskunft, verschweigt Name und Anschrift.

Fragen kommentiert sie mit Kopfschütteln oder mit Worten wie:

Das ist doch die Höhe.

Sie wohne hier am See, dieses Reihenhaus besitze sie seit dreißig Jahren. Ihr Vater habe es ihr vermacht. Grund und Boden. Geh- und Fahrtrecht, alles sei auf ihren Namen eingetragen.

Herunter von meinem Eigentum.

Die Sanitäter kommen.

Die kräftigen Männer nehmen die Frau in die Mitte und führen sie zum Wagen, dessen Schlag schon geöffnet ist.

Der Kinderarzt gibt einige knappe Anweisungen, steckt, umgeben von Personal und Patienten aus dem Wartezimmer, einem der beiden ein verschlossenes Couvert zu. Die Straße ist belebt, Köpfe schauen aus Fenstern, aber es bleibt gespenstisch still.

Ohne Widerstand zu leisten, läßt sich die Frau ins Auto verfrachten. Nur manchmal schüttelt sie müde den Kopf. Die Türe wird verschlossen, ein Sanitäter hat neben der Unbekannten Platz genommen und ihr eine graue Decke um die Schulter gelegt.

Es wird kein Wort gesprochen.

Auf einem Treppenabsatz sagt eine Frau zu ihrer Nachbarin:

Die ist doch nicht ganz richtig.

Darauf antwortet die Nachbarin:

Jetzt kommen die Sandler schon bis in unsere Wohngegend. Wie im Winter die Viecher vors Haus.

Der Arzt grüßt die Frauen. Vermutlich gibt er ihnen recht, ehe er in die Praxis zurückgeht.

Der Nächste bitte.

Für die Sanitäter ist der Transport nichts Besonderes, zumal die Frau vollkommen ruhig bleibt. Sie sagt kein Wort und bewegt sich kaum. Die Männer sprechen über die Fasnacht, unterhalten sich darüber, wo sie gestern gefeiert haben, wohin sie heute abend gehen werden.

Sie fahren fast jeden Tag die Irren auf die Insel.

Meistens bringen sie Ausreißer zurück, froh und dankbar, nicht selten erschöpft und durchgefroren. Da ist keine Kraft nötig. Seltsam ist höchstens, wie weit die Ausbrecher oft kommen und wie sie lächeln, während ihnen der Speichel aus dem Mund tropft.

Es gibt kaum etwas, was die beiden Sanitäter erschüttert.

Sie waren im Krieg, haben aufgeschlitzte Leiber und zerfetzte Gesichter gesehen.

Jetzt reden sie über Larven und Mummenschanz.

Was kümmert sie eine stinkende Frau in Lumpen, verdreckt

und verwirrt, mit schweren Augenlidern? Nicht einmal am
Biertisch werden sie darüber ein Wort verlieren, obwohl sie
ab und zu, wenn sie aufgefordert werden, gerne erzählen:
sagt der Wärter zum Irren . . .
Sie werden die Frau vorschriftsmäßig einliefern. Das Auto
muß noch gewaschen werden. Danach ist Feierabend.
Die Fahrt hinaus aus der Stadt, über den Damm auf die
Insel, links und rechts zittern Pappeln im Gegenlicht.
Soeben geht die Sonne unter.
Milchig rötlich erwischt sie das Gesicht der Frau auf dem
Rücksitz. Sie aber sieht geradeaus. Die Augen leuchten
nicht.
Der Wagen biegt langsam in die Hofeinfahrt der Klinik
ein, rollt über den aufgekiesten Weg vor den Eingang der
Frauenabteilung. Leute gehen über den Hof, aber niemand
nimmt Notiz.
Bei der Aufnahme werden die Sanitäter kurz befragt. Der
Fahrer gibt das Kuvert des Arztes ab. Mit sauberer Hand-
schrift werden einige Angaben auf einer frisch angelegten
Karteikarte vermerkt:
Fundort, Datum, Uhrzeit, der einweisende Arzt, Unter-
schrift.
Hinter *Name* steht: Fehlanzeige.
Vorerst mit Bleistift.
Die Sekretärin weiß: derlei kommt öfter vor.
Auch weitere Spalten bleiben offen.
Eine Türkin, breit und robust, wird gerufen. Sie ist für das
Reinigungsbad zuständig. Danach Wiegen, welche Kran-
kenkasse, Angaben zur Person.
Die Einweisung in das Psychiatrische Landeskrankenhaus,
zu dem die Einheimischen noch in hundert Jahren Irrenhaus
sagen werden, ist ein verwaltungstechnischer Akt. Hier hat

alles seine Ordnung. Keiner geht verloren, jeder kommt an.

Die Sanitäter werden entlassen. Sie lüften den Wagen. Ein paar müd witzige Bemerkungen über eine stinkende Frau. Vergessen.

Die Unbekannte läßt sich nicht ausziehen.

Die Türkin ergreift ihre Hand, redet auf sie ein, wird laut, versucht es mit gutem Zureden, schimpft in einer fremden Sprache, stottert, lacht, ekelt sich.

Erst jetzt legt die Frau ab, nein, sie läßt sich widerstrebend die Kleider nehmen und murmelt dabei unverständliche Worte, etwa ihre Villa mit den beiden Sonnenrädern sei landauf landab bekannt, alles übrige, was mit ihr geschehe, sei ruchlos, sie sagt ruchlos, eine Unverschämtheit, vermutlich ein Pogrom, sind wir schon wieder so weit, in jedem Falle betrachte sie sich als verhaftet, sie verlange auf der Stelle, mit ihrer Botschaft sprechen zu können.

Die Türkin schüttelt den Kopf und stöhnt wegen des Gestanks.

Sie nimmt die Kleidung mit gespreizten Fingern und hält sich die Nase zu.

Die Kleidung der Eingelieferten besteht aus schmutziger Unterwäsche, aus einer zerrissenen Strumpfhose, einer langen, verdreckten Lastexhose, schwarz, halbhohen Lederstiefelchen, einem schmutzigen, an den Ärmeln am Bund ausfransenden Pullover mit Norwegermuster sowie einem fremdartigen Umhang oder Überwurf.

Als die Kleidungsstücke in eine Liste eingetragen werden, weiß die Schreibkraft nicht, was sie bei dem Umhang schreiben soll. Das Wort Roana kennt sie nicht. Also schreibt sie: Überwurf, mexikanisch. Dabei denkt sie an Kakteen, Urlaub, Fernweh.

Um den Hals trägt die Unbekannte, die sich abgewandt und eine Ecke gesucht hat, in der sie mit dem Gesicht zur Wand steht, eine Kette, am Handgelenk baumelt eine rechteckige Herrenarmbanduhr, Marke Junghans, an einem viel zu weiten Armband.

Die Frau steht, als werde sie sogleich vornüberfallen.

Das Handgelenk ist völlig abgemagert.

An einem Finger trägt die Frau, die sich jetzt wieder der Schreibkraft zugewandt hat und das Registrieren jedes einzelnen Stückes mit dem milden Lächeln einer Indianerin hinnimmt, einen großen kunstgewerblichen Silberring mit Stein.

Er sieht wie ein schwarzer Klumpen aus.

Als der Ring abgestreift werden soll, leistet die kleine Frau plötzlich unerwartet heftigen Widerstand und entwickelt jene Kräfte, die man den Irren nachsagt.

Büroangestellte und Türkin werden nicht mit ihr fertig.

Sie schlägt um sich, tritt, beißt, wirbelt mit den Armen, krallt sich in Haare und Kleider, reißt und tobt. Aber sie schreit nicht dabei, sie gibt keinen Laut von sich. Nur das Ächzen der Schreibkraft sowie die unverständlichen Befehle der Türkin sind zu hören. Endlich läutet die Büroangestellte um Verstärkung. Eine Krankenschwester stürzt herbei, erkennt sogleich die Lage und ruft nach der Ärztin.

Drei Frauen umklammern Arme und Beine der abgemagerten verschmierten Tobsüchtigen, die entsetzlich stinkt, ein sich verzweifelnd wehrendes Geschöpf, das mit gebrochenen Augen eine Weite sucht und kämpft, als ginge es um sein Leben.

Zuletzt gelingt es der Ärztin, eine Spritze anzusetzen.

Nach der Ruhigstellung ist die Patientin friedlich, als könnte sie nie anders sein.

Die übrigen Frauen atmen schwer und bringen ihre Kleider in Ordnung. Es sieht aus wie nach einer Zimmerschlacht. Aber die Türkin wird den Boden aufwischen, die Scherben beseitigen.

Schwester, Sekretärin und Türkin lächeln die Gebändigte an, als sie gewogen wird.

Ihr Gewicht beträgt knapp 45 Kilogramm.

Die Ärztin gibt Anweisungen, welche die Angestellte notiert. Danach geht diese erschöpft nach Hause. Für sie ist der Tag vorbei. Sie denkt an ihre gehbehinderte Mutter, die eifersüchtig darüber wacht, daß sie keine Bekanntschaft macht. So gibt es für sie nur die Klinik und die Mutter im Rollstuhl.

Die Ärztin stellt fest, daß der Neuzugang keinerlei Papiere bei sich hat.

Sie liest die Diagnose des Kinderarztes: ein Wort auf einem Zettel von einem Rezeptblock.

Es gibt nichts, was über diese Person Auskunft geben könnte.

Die Krankengeschichte beginnt mit ungelösten Fragen.

Wer ist diese Frau?

Wer kommt für sie auf?

Was fehlt ihr?

Schizophrenie, steht auf dem Rezept.

Das ist allgemein genug und zugleich differenziert, läßt Spielraum, zeigt aber auch eine Richtung an.

Die Ärztin ist über die offenen Fragen nicht beunruhigt.

Das kommt immer wieder vor. Jemand wird sich schon melden.

Ansonsten: der übliche Weg, Polizei, Vermißtenanzeigen, es wird schon etwas geben.

Desorientierung.
Geht in fremde Wohnungen.
Gibt keine brauchbaren Äußerungen von sich.
Verweigert das Reinigungsbad.
Schlägt um sich.
Blutprobe anordnen.
Macht keinen betrunkenen Eindruck.
Verwahrlosung.
Eine Gestrandete?

Die Seehex'

Die Indianerin nennt keine Namen: weder ihren eigenen noch den von Angehörigen oder Freunden und Bekannten.

An wen hätte sich die verantwortliche Ärztin, Frau Doktor Kudrun Mazzolini, wenden können?

Wer wäre da in Frage gekommen?

Zehn Jahre später stelle ich mir dieselbe Frage. Bei meinen Recherchen bitte ich auch die für die Unbekannte zuständige Gemeindekanzlei um Auskunft. Ich erhalte den Bescheid, leibliche Angehörige seien nicht bekannt.

Das muß korrigiert werden.

Der Findling hat eine Schwester.

Aber die Feindschaft ist so abgrundtief geschwisterlich und versteinert, daß diese Schwester als Zeugin ausfällt. Seit mehr als vierzig Jahren besteht nicht der mindeste Kontakt. Man weiß nichts voneinander, weil man es nicht will. Das hat sich so ergeben. Die ältere Schwester wohnt in der Großstadt. Seit Kindertagen ist ihr die kleine Schwester verhaßt. Möglicherweise hätte sie auf die Nachricht aus dem Psychiatrischen Landeskrankenhaus hin laut gelacht und gesagt:

Daß die spinnt, weiß ich schon längst.

Es gibt noch andere Verwandte: einen alten Vetter in einem Vorort von M., weit weg, sowie dessen Tochter, eine Anästhesistengattin aus B.

Der Vetter wird von der Ärztin ausfindig gemacht, mit der Arztfrau habe ich telefoniert: sie weiß nur Anekdotisches. Damals sei sie noch ein Kind gewesen.

Der Vetter jedoch besucht die Irre, nachdem diese schon gut eineinhalb Jahre in der Klinik lebt.

Die Verwirrte erkennt ihren Verwandten nicht, sieht ihn nur an und verabschiedet sich sogleich äußerst höflich, aber auch sehr entschieden.

Die Ärztin erfuhr durch den inzwischen gerichtlich berufenen Pfleger die Anschrift des Vetters. Der Pfleger, eine Art Vormund und Wahrer rechtlicher Interessen der Kranken, hatte die eintreffende Post geöffnet und erst auf diese Weise von der Existenz eines Vetters Kenntnis bekommen. Vom Vetter erfährt Frau Doktor Mazzolini, ihr Schützling sei seit jeher ein künstlerisch exzentrischer Mensch gewesen. Die Ärztin ärgert sich über diese Einschätzung, läßt sich aber nichts anmerken. Auch von den verfeindeten Geschwistern ist kurz die Rede. Mit ihren Arbeiten habe die Indianerin zeitweise ganz gut verdient, sie habe aber das Geld auch stets mit vollen Händen ausgegeben. Mit zweifelhaften jungen Männern, aber das sei ihre Sache gewesen. Ihm stehe da kein Urteil zu, wenngleich er zu bedenken gebe. Aber da unterbricht Doktor Kudrun. Die Arme, wie der Vetter daraufhin sagt, sei seit fünfzehn Jahren von ihrem Mann, einem Ungarn, geschieden. Beide seien komplizierte Naturen gewesen, am Schluß wie Hund und Katz. Sie hätten sich jedoch in aller Freundschaft getrennt, und sie habe ihm bei der Suche nach einer anderen Frau, welche sie dann auch in Paris gefunden habe, eifrig geholfen. Wenn er sich richtig erinnere, sei der Name Vera gewesen. Aber sicher sei er sich nicht. Vor etwa eineinhalb Jahren sei der Exmann in Paris gestorben.

Der Vetter gibt weiterhin an, er und seine Frau hätten die Verwirrte zuletzt vor drei Jahren in der Metropole gesehen. Damals sei sie aufgekratzt und aufgeputzt wie Eliza Doolittle gewesen. Wenn sie einen Hund gesehen habe, sei sie davon so begeistert gewesen, daß sie nicht nur Anstandsregeln, sondern die ganze Umgebung vergessen habe. Deshalb sei man auch in Lokalen mit ihr regelmäßig aufgefallen. In der Staatsbibliothek, daran erinnere er sich genau, habe die Frau damals Spezialliteratur über Gletscher gesucht.

Dem Vetter erscheint es durchaus denkbar, daß seine Verwandte schließlich von irgendeinem zweifelhaften Mann ausgeplündert worden sei, während sie sich auf der Fahrt zu der Stadt am See befunden habe. Der Findling, wenn man das so sagen könne, habe stets sonderbare Künstlerfreunde gehabt.

Dr. Mazzolini räuspert sich.

Er wolle sagen, es seien auch, wie solle er sich ausdrücken, also es seien auch, ja, Homophile dabeigewesen. Bei ihnen habe sich die Frau sicher gefühlt, was er nicht verstehen könne. Auffallend jedoch sei, daß kurz vor ihrer Abreise von ihrem Konto 8000 Franken abgehoben worden seien.

Die Ärztin flicht ein, man habe dieses Geld bei der Einlieferung nicht gefunden.

Dazu kann die Putzfrau der Kranken etwas sagen. Sie erfährt vom Pfleger von der Einlieferung in die Klinik ebenfalls erst nach mehr als einem Jahr, obwohl sie bald nach dem Verschwinden eine Vermißtenanzeige bei der Polizei aufgegeben habe. Sie habe doch den Hund der Verschwundenen in Pflege gehabt. Wie immer, wenn die Patientin unterwegs gewesen sei. Und sie sei häufig verreist. Woher sie dazu das Geld gehabt habe, wisse sie nicht. Frau Piloti habe sich in der letzten Zeit nur noch von Kaffee und Zigaretten ernährt. Von einer künstlerischen Tätigkeit wisse sie nichts, darüber habe sie nie gesprochen. Sie habe die winzige Wohnung etwa alle drei Wochen sauber gemacht. Da alles voll Bücher gestanden habe, sei nicht viel angefallen. Früher habe ihrer Arbeitgeberin das Haus sowie der ganze See gehört, bald nach dem Krieg jedoch habe sie alles an einen Fabrikanten aus der Oberpfalz verkauft, um einen Spottpreis, wie man sich erzähle. Genaues wisse sie nicht, außer der Tatsache, daß sie das Wohnrecht in dem Häuschen am Bannwaldsee über den Verkauf hinaus besessen habe.

Abschließend merkt die Putzfrau, die von der Patientin ebenso wie der Vetter höflich mißachtet oder nicht erkannt wird, an, im letzten Winter sei die Kranke schon sehr sonderbar gewesen. Einmal habe sie ihr von einem Mann erzählt, den sie, weil er so durchgefroren gewesen sei, bei sich aufgenommen habe. Jetzt aber fürchte sie sich vor dem bärenstarken Kerl, einem Schweizer, weil sie ihn nicht mehr loswerde. Er gehe einfach nicht. Ein andermal habe sie sich mit aller Energie geweigert, eine ihr ausgeliehene Schneeschaufel zurückzugeben. Sie habe ihre Hartnäckigkeit, für die sie keine Erklärung wisse, mit Klassenkampf und neuer Eiszeit begründet. Öfter habe sie in Geschäften den Kunden von einer drohenden Eiszeit erzählt, daß sich die Gletscher wieder von den Bergen herab übers ganze Land legen würden, alles unter sich begrabend. Das Wasser werde vergiftet, es sei höchste Zeit, sich Vorräte anzuschaffen. Aber die Leute hätten nur gelacht, man habe die eigenwillige Frau nie für voll genommen. Die einheimischen Bauern, welche sie schon als Kind kannten, hätten von ihr immer nur als der Seehex' gesprochen. So bitter das sei.

Ein damals von mir verehrter Kunstmaler, welcher in der Nähe des Bannwaldsees wohnte, verhielt sich nicht besser, nachdem er sich mit seiner einstigen Mäzenin wegen einer Geringfügigkeit überworfen hatte.

Auch Margot vermißt die Seehex' nicht. Um diese Zeit ist ihr Kiosk neben dem Haus am Bannwaldsee geschlossen. Im Winter geht kein Geschäft, und der Campingplatz ist nur mäßig besetzt. Margot ist außerdem sehr mit der Fasnacht beschäftigt, weil sie bei vielen Männern beliebt ist. Das Verschwinden ihrer Zigarettenkundin nimmt sie lange Zeit gar nicht wahr: sie vermutet sie wieder auf Reisen. Auch eine mehr als halbjährige Abwesenheit ist nichts Außergewöhnliches bei dieser Frau. Vielleicht kehrt sie im Sommer an den See zurück, denkt sich Margot und macht sich für einen Ball zurecht.

Und was hätte Odette Muntschenk auf mögliche Fragen von Frau Doktor Mazzolini geantwortet? Sicherlich zuerst, daß auch sie einst Ärztin gewesen sei, jetzt aber diesen Beruf nicht mehr ausübe. Die verblichene rheinländische Schönheit, kostbar und kühl, sitzt, umrahmt von kunsthistorischen Schätzen, in einer riesigen Bibliothek mit wertvollen Erstausgaben – ja, es sei alles etwas weitläufig, im Winter schwer zu heizen – und erinnert sich angestrengt an ihre Freundschaft mit der Verwirrten. Sie spricht von deren teuren Kleidern aus Paris, nennt Karlina immer modisch elegant, auch kapriziös, extravagant, das gewisse Etwas, nippt an ihrem Tee, benützt immer seltener das Wort Freundin, das zu Beginn der Fragen noch in jedem Satz vorkam.

Ach ja, der Hund mit dem Namen Melange, ein Tier mit Charakter. Sonderbar, daß sie so plötzlich verschwand. Nein, überhaupt nicht sonderbar. Ganz im Gegenteil. Völlig normal. Bei ihr völlig normal. Eine Außenseiterin noch unter den Außenseitern, sagt Odette Muntschenk vielleicht. Die kultivierte Karlina Piloti. Die Dame. Sie hat es immer verstanden, einen Bannkreis um ihre Person zu ziehen, um sich selbst und um das Haus am See. Welche Lage. Ein Jammer, daß sie es verkauft hat. Was sie wohl dafür bekommen hat? Na ja, aus Geld hat sie sich nie viel gemacht. Sie, ja sie hat sich so rar gemacht in den letzten Jahren. So oft kam sie dann auch nicht mehr in die Landeshauptstadt. Ich bin selbst viel auf Reisen gewesen, der Osten, die Meditationen, Zen und Nepal, danach bei Manes in Paris, ein Freund des Hauses, wie schön er noch immer ist. Ob er vielleicht Vera kennt, die Frau des Ungarn? Ausgeschlossen ist das nicht. Bei Manes verkehren nur interessante Leute. Wir kannten uns schon vor dem Krieg. Sie hat meist nur in Chiffren gesprochen. Ich bin da auch nicht immer gleich durchgestiegen. Ihre Andeutungen, die schwierige Unterscheidung, wie soll ich sagen, von Traum und Wirklichkeit. Dazu der dreifarbige Melange. Und in ihrer Kindheit muß es einen zahmen Bären gegeben haben. Wie hieß der doch gleich? Hab ich vergessen. Eine interessante Frau. Mehr kann ich nicht sagen. Und: Angst habe sie gehabt, panische Angst vor verseuchtem Wasser, bei einem Atomkrieg werde zuerst das Wasser verseucht. Aber stets behält sie Contenance. Odette Muntschenk sagt: Contenance. In witzigen, scharfen Bemerkungen habe die Irre, plötzlich ist von der Irren die Rede, treffsicher argumentiert, und sie sei sehr apart gewesen: schicke Hosen, Modellkleider. Nur vom Feinsten. Sie habe immer sehr auf sich gehalten. Ich möchte nicht wissen, sagt Odette Muntschenk, wieviel Geld sie für Kleider ausgegeben hat. Die Hosen waren aus Samt, die Unterwäsche aus Seide. Sie trug, jetzt darf man das ja sagen, schwarze seidene Unterwäsche, und sie hatte eine tadellose Figur. Da gibt es überhaupt nichts. Ich habe sie sehr geliebt, meine beste Freundin ist sie gewesen. Es kann schon sein, daß es sie auch einmal gereizt hat, einen Schwulen heiß zu machen. In Wirklichkeit aber war sie lesbisch. Für meine Begriffe war sie das. Kein Zweifel. Ich weiß nicht, wann sie verschwunden ist und was aus ihr wurde. Aber sie war die Beste von uns allen. In rheinländischem Singsang der Rat: Fragen Sie bloß mal Bansin. Natürlich. Haben Sie ihn schon gefragt? Frau Doktor Mazzolini hätte ihn vielleicht gleich angerufen. Ich schreibe ihm zuerst, denn Bansin ist ein berühmter Mann.

Er ist auch wegen seiner außergewöhnlichen Diskretion als zuverlässiger Freund berühmt. Viele von denen, die Rang und Namen haben, verdanken ihren Ruhm Bansin, seiner Treue und seiner Verschwiegenheit. Bansin ist ein Mann, dem Bücher gewidmet werden. Mit seiner Gabe der Freundschaft ist er unsterblich.

Das kann man ruhig so sagen. Nach dem Krieg war er der geistige Vater vieler. Aber er hat daraus nie ein Geschäft gemacht. Gewiß, er ließ manchmal Beziehungen spielen, aber Kapital daraus geschlagen hat er nie. Er ist ein einfacher Mann, er kommt von ganz unten, was er nie vergißt.

Ich gebe zu, daß ich befangen bin: Bansin wird im Laufe meiner Recherche eine wichtige Figur. Nicht für die Sache, sondern für mich. Ich beginne, den alten Mann mit dem schlohweißen Haar zu verstehen: er kämpft leise gegen den Tod.

Er beantwortet meinen Brief mit einem Telefongespräch. Sobald ich den Hörer abnehme und seine Stimme höre, die ich aus Funk und Fernsehen kenne, beginne ich zu zittern.

Ich habe, sagt er, seit gut fünfundzwanzig Jahren nichts mehr von dieser Frau gehört. Sie ist seinerzeit spurlos aus meinem Gesichtskreis verschwunden. Auch ich habe Nachforschungen angestellt, war beunruhigt und verwundert. Damals war sie verreist. Ich glaube, es war Ägypten. Oder war es Peru? Doch eher Peru.

Mehr habe ich nicht erfahren. Sie hat meine Postkarten nie beantwortet. Sie hat mir auch später noch einmal für einen

Sommer das Haus zur Verfügung gestellt. Es ist übrigens jetzt in anderen Händen. Gelegentlich wollte ich sie noch zu unseren Treffen einladen, aber sie ist nie mehr erschienen.

Von Freunden weiß ich, daß sie gerne ein Rätsel aus sich macht. Darauf versteht sie sich. Zuletzt hörte ich, sie arbeite an einer größeren Sache. Ich bin gespannt, was dabei herauskommt.

Meine Frau hat immer gesagt: ein Paradiesvogel ist sie, nichts sonst. Ein richtiger Paradiesvogel.

Das trifft die Sache exakt.

Melden Sie sich, bittet Bansin, wenn Sie mehr wissen werden. Die Sache läßt mir keine Ruhe.

Wie ich sie kennengelernt habe?

Eines Tages stand sie einfach in der Redaktion.

Die Redaktion besteht aus einem einzigen Zimmer. Es befindet sich in einem Haus in Krailling. In dem Zimmer stehen zwei Tische und drei Stühle. Ich besitze außerdem eine alte Schreibmaschine.

Damals hatten wir große Pläne. Alles war möglich, denn alles war Anfang. Sie wollte dabeisein. Außerdem legte sie eine Arbeit vor. Sie lud uns an den Bannwaldsee ein. München war zerstört. Im Bannwaldsee gab es Fische und Krebse, ein ruhiges Haus inmitten einer heil gebliebenen Natur, im Schatten märchenhafter Schlösser, im Land der dreizehn Seen.

Es ist der 10. September. Ein wunderbarer Herbsttag. Altweibersommer. Der Personenzug, mit dem wir anreisen, fährt nur bis zur Hälfte der Strecke. Danach geht es aus irgendeinem Grund nicht mehr weiter. Siebzehn Freunde, meist Künstler, drängen sich in den Dritter-Klasse-Abteilen.

Die Fahrt ist beschwerlich. Nach der Endstation soll es mit einem Bus weitergehen, doch der ist bereits überbesetzt.

Wir sitzen vor dem Bahnhof auf den Bordsteinen oder auf unseren schäbigen Koffern, zerkratzten Aktentaschen und Rucksäcken.

Einer von uns organisiert mit einem merkwürdigen Ausweis nach Stunden einen Holzgas-Lkw. Eine staubige Fahrt beginnt, hügelauf, hügelab, durch das Alpenvorland, mit rauchendem Holzgas-Schornstein, mehr geschaukelt als gefahren. Unterwegs zu der Indianerin.

Sie empfängt uns an ihrem See, gibt Obdach, sorgt für Kopf und Bauch. Darin sieht sie ihre vornehmste Aufgabe.

Nach der irrwitzigen Fahrt springen die meisten nackt in den See, um Staub und Dreck abzuwaschen. Im Haus ist es eng. Es ist ja nur ein Häuschen mit wenigen kleinen Stuben, die voll Bücher stehen. Es ist ein Lagerleben, wie wir es gewohnt sind. Was alles erträglich macht, ist die nach den Jahren der Knechtschaft wiedergewonnene Freiheit. Keiner empfindet die Entbehrungen, jeder ist voll Hoffnung.

Wir hocken im Kreis herum und besprechen unsere Pläne.

Einer sagt dem anderen, was er denkt.

Jeder will eine eigene Arbeit zu diesem Anfang beisteuern.

Keine festen Formen, keine Rituale, keine Zwischenrufe, keine Zwischenbemerkungen.

Der Ton der kritischen Äußerungen ist rauh, die Sätze sind knapp, unmißverständlich, respektlos.

Niemand nimmt ein Blatt vor den Mund.

So vergehen drei Tage, vom frühen Vormittag bis zum späten Abend, bis in die Nacht hinein, nur unterbrochen von

den kargen Mahlzeiten, die unsere Freundin, der Paradiesvogel, organisiert. Wie sie das macht, weiß keiner so genau.
Sie fährt plötzlich auf einem alten Motorrad einen Sack Kartoffeln heran, schwarz besorgt, fängt immer wieder Fische
und ist bemüht, uns, so gut es geht, zu ernähren. – Am
Bannwaldsee findet nur das erste Treffen statt. Sie nimmt
noch sechsmal teil. Danach verschwindet sie.

Der Berg in der Ebene

Skifahrer und Steinmetz, auch Forscher, Glaziologe, denn alles, was unter Eis liegt, verwest nicht, sondern bleibt erhalten.

Das wäre mein Fach gewesen. Damals war es noch nicht Mode, von Vereisung zu sprechen: vereiste Beziehungen, eiskalte Verhältnisse, Eiszeit und Endzeit. Eis hat mit Ewigkeit zu tun, mit Unbezwingbarkeit. Zu dieser Zeit liebte ich den Schneefall über alles, ich hörte dabei den Klang einer Spieluhr und dachte an Flocken und klare Sterne darüber, Polarsterne, leuchtend und Lichtjahre entfernt.

Ich hätte gewußt, wen sie da einlieferten, wer da so um sich schlug und um Würde kämpfte, auf daß er nicht den letzten Rest an Schutz und Wärme einbüße.

Ich war seit ein paar Jahren ihr Freund.

Aber noch wußte ich nicht, daß sie verlorengegangen war. Den genauen Hergang erfuhr ich erst zehn Jahre später, auf der Terrasse einer Villa sitzend, vor einem österlichen Park, unter sich sanft wiegenden Bäumen.

Was also ist jetzt Erinnerung, was Zukunft?

Wo endet die Wirklichkeit, und wo beginnt die Vision?

Jetzt, da ich schreibend darüber nachdenke, bin ich viel älter als damals. Weiß ich deshalb schon mehr?

Nein, ich weiß es anders.

Jetzt zum Beispiel weiß ich, wo Serner geblieben ist.

Ob ich damit allerdings die Geschichte besser kenne, sei dahingestellt.

Damals hätte ich gerne gewußt, was ich jetzt weiß.

Aber was hätte es an jenem milchigen Nachmittag in der Stadt am See genutzt?

Hätte ich der Verlorengegangenen noch helfen können?

Hinter welcher Larve hätte ich mich verborgen?

Hätte mich ,die Ärztin überhaupt gefragt?

Warum hat die Streunerin keine Namen genannt?

Wer außer mir hätte noch wissen können, wer die Unbekannte war?

Wer und warum?

Jeder wird doch irgendwo vermißt.

Möchte man glauben.

Jeder gehört doch irgendwohin. Keiner kann doch einfach so aus der Schöpfung fallen.

Warum aber wußten es diejenigen, die es hätten wissen können, trotzdem nicht? Ist es gerecht, Vorwürfe zu formulieren und mich davon auszunehmen?

Womit waren wir beschäftigt, die wir uns *die Freunde* der Indianerin nannten? Was war uns so wichtig? Wichtiger als sie?

Welche Sätze haben wir uns zur Beruhigung zugeflüstert und sie wiederholt wie eine zehn Jahre dauernde Litanei, die taub macht und stumpf?

Wie lange dauert es, bis sich einer derart betäubt?

Bis ich kam, nachfragte, immer wieder nachfragte und die Ruhe aus den Häusern der *Freunde* trug, sie eintauschend gegen Erinnerung und aufsässiges Gewissen.

Der zum Sterben bereite Indio hat von der Vergeßlichkeit seiner *Freunde* gewußt.

Jedenfalls hat er nie einen Namen genannt.

Auch nicht den meinen.

Wer ich gewesen bin?

Damals gerade Student, nach dem ersten Semester, hoffnungsvoll angetreten gegen die Akademie und die Großstadt. Wochenendheimfahrer.

Zu Hause wollte ich Streckenwärter werden und in einem

schmalbrüstigen Häuschen an der eingleisigen Strecke hinter dem See wohnen.

Es würde ungleich höher sein als breit, einen Garten haben, der dem Leisen Stärke gäbe, und im Winter würde ich, dicke Romane lesend, auf das Summen der Drähte hören.

Auf meinen Kontrollgängen über die Schwellen, deren vertrackter Abstand wie ein seltenes Versmaß zur Aufmerksamkeit zwingt, würde ich die Stadtpläne der europäischen Metropolen auswendig lernen, dazu das Netz der Untergrundbahnen: London, Paris – sowie die verschlungenen Zugverbindungen, auch Fährpassagen über den Ärmelkanal.

Ich würde altern, von jedermann respektiert und heimlich bewundert. Öfter würde ich am Abend mit dem letzten Schienenbus nach Hause fahren, die Moore sich färben sehen und vor dem Einschlafen über alten Landkarten mein Fernweh wachhalten.

So aber fuhr ich nur vom Studium nach Hause, wechselte die Wäsche und suchte Zuversicht.

Ich erzählte von der Stadt, den selbstgerechten Professoren und einem Zimmer, das über einen Kiesweg erreichbar war, vor Jahren gekalkt worden war, eine Neonröhre an der Decke hatte und ein Gitter vor dem Fenster.

Schlüssel hatte ich keinen.

Mein Platz war am Fenster, von dem aus ich auf die kreisförmigen Kolonnaden sehen konnte. Das ist jetzt nicht anders, nur daß an der Wand gegenüber ein kleines Foto hängt, das Bild der einstigen Freundin, einer Frau, die dem Alter nach die Geliebte meines Großvaters hätte sein können.

Dort am Fenster begannen hinter geschlossenen Augen die weiten Reisen und Aufstiege. Nie fand ich dabei Gefallen an der Gegenwart, in der entschieden werden mußte. Die Zukunft ließ mich unberührt, sie schien mir nicht vorhanden jenseits meiner Visionen. Einzig die Vergangenheit als Raum der verbrauchten Erfahrung zog mich an.

Ich erkannte zum ersten Mal meine Aufgabe:

Ich muß diesen Berg abtragen, der ständig wächst.

Als hätte ich ihn mit eigenen Händen aufgeschüttet.

Einen Berg in der Ebene, aus Vergessenem und Verlorenem.

Wer sonst sollte davon erzählen?

Albatros

Ferienlangeweile an diesem milchigen Fasnachtsnachmittag erinnert mich an die Empfehlung der Freundin, die tausend dünnen, dicht bedruckten Seiten eines Erinnerungssüchtigen zu lesen, dem sie einst als Kind begegnet sei.

So habe ich es im Gedächtnis. Ausgeschlossen wäre es nicht, daß sie ihn traf.

Weiter weg in Vandans, der Stadt am See, überlegt die Fachärztin für Forensische Psychiatrie, Doktor Kudrun Mazzolini, was zu tun ist.

Sie will sich ein Bild von der Patientin machen können, will wissen, wer dieser Neuzugang ist.

Was weiß sie schon von der Streunerin?

In einem Mäppchen befinden sich drei Hundefotografien, ein grauer, schmuddeliger Fetzen eines Personalausweises, der allerdings keinerlei behördlichen Eintrag enthält. Damit kann die Ärztin nichts anfangen.

Von Hand ist auf das Papierfetzchen ein Name eingetragen. Eine merkwürdige Schrift, eigenwillig und energisch, nicht ohne künstlerische Anzeichen.

Malerei.

Einführung in die Schriftdiagnose.

Historienmalerei.

Vor vielen Jahren, während des Studiums.

Der Lieblingsmaler der Ärztin heißt Utrillo.

Am liebsten liest sie Biographien.

Die Fliegerei ist eine stille Liebe.

Aber nur im Kopf. Nicht wirklich.

Die Ärztin hat jetzt einen Namen, an den sie sich halten wird.

Reicht ein Name aus, um Halt zu geben? Was sagt schon ein Name?

Die Patientin wird immer die Streunerin bleiben, die Indianerin.

Wieder und wieder blickt die Ärztin auf den Schriftzug. Jetzt lächelt sie, weil sie sich ihre Gedanken erklären kann. Einführung in die Schriftdiagnose. Das war fakultativ. Vor vielen Jahren. Die Überwindung der Widerstände durch Gleiten: das ist das Geheimnis des Fliegens. Hinauf und dann weit weg, immer weiter weg. Ihr Lieblingsgedicht: *Albatros*.

Albatros und Gegenlichtaufnahme.

Kudrun Mazzolini sieht sich in der Plexiglaskanzel eines Segelfliegers, überquert die Alpen, gondelt in blauer Höhe, darunter ewiges Eis, sonnenüberflutet, dann wieder schattige Felswände und schroffe Gipfel unter der Wolkenwatte. Die unglaubliche Härte der Luft. Das Pfeifen des Höhenruders. Die Glaskanzel des Piloten. Rundumsicht, Übersicht, weit über Normalnull, Aufwinde und Utrillo, die Biographie des Louis Blériot, der winzige Ikarus bei Bruegel.

Karlina Piloti.

Dieser Name steht auf dem Ausweisfetzen.

Heißt die vor ihr sitzende, schweigende, autistisch wippende Frau Karlina Piloti?

Ihr Appetit ist gut, als sie nach dem ersten kurzen Beruhigungsschlaf gefüttert wird.

Die Türkin macht das. Für den Fall, daß sich die Patientin übergeben muß.

Alle Teile des Ausweises, die beweiskräftig wären, sind weggerissen.

Stammt diese Frau aus Vandans?

Wenn nicht, wie ist sie nach Vandans gekommen?

Was hatte die Piloti noch bei sich?

Dieser Name ist Ausweis genug.

Die Ärztin schlägt nach.

Zuerst befragt sie das Lexikon. In ihrem Arbeitszimmer in der Klinik hier draußen hat sie einen Taschenbrockhaus. Zum Lesen von Kleingedrucktem muß die Ärztin die Brille wechseln.

– P. Piloti, Pilot. Noch einmal lächelt Doktor Mazzolini.

Flugzeugführer oder kräftiges lockeres Baumwollgewebe oder Lotsenfisch, Lotse ist gut, Fisch auch: stumm. Pillnitz, Pilnjak, wie starb Boris Pilnjak, Pilon, Pilos, Piloty. Aber mit Ypsilon.

Vergleich mit dem handschriftlichen Eintrag ohne Ypsilon. Ferdinand von Piloty, Karl von P., Seni an der Leiche Wallensteins, der Feldherr und sein Horoskop, das Deuten der Sterne, Vorhersehbarkeit, theatralisch-realistischer Stil, Lehrjahre bei Delaroche. Ein düsteres Bild: Seni.

Karlina, Karolina, Caroline, Karolus, Karolinger.

Fliegen und Malen, die Geschichte, die Historie.

Im Kopf der Mazzolini kreist ein Albatros.

Sie hat das Gedicht während des Studiums auswendig gelernt: *Oft zum Zeitvertreib fangen die Seeleute sich Albatrosse ein, jene mächtigen Meervögel, die als lässige Reisegefährten dem Schiffe folgen, wie es auf bitteren Abgründen seine Bahn zieht.*

Vor ihr liegt das fast leere Krankenblatt.

Es wirkt auf sie immer wieder wie das Deckblatt eines Buches, das ein Kranker schreibt.

Kaum haben sie die Vögel auf die Planken gesetzt, so lassen diese Könige der Bläue unbeholfen und verlegen ihre großen weißen Flügel wie Ruder kläglich neben sich am Boden schleifen. In fetten Buchstaben der Aufdruck:

Psychiatrisches Landeskrankenhaus Vandans.

Bei Name und Vorname schreibt die Ärztin vorsichtig mit

47

Bleistift in Druckbuchstaben, die Abstände dürfen nicht zu groß sein, PILOTI KARLINA.

Auf Widerruf.

Geburtsdatum und Geburtsort, Religion, Familienstand, Beruf, Wohnort, letzter Aufenthalt bleiben leer nach dem fragenden Doppelpunkt.

Sie könnte schreiben:

Das Geburtsdatum von Seni, wer kennt es? *Geburtsort:* der Karls des Großen. *Religion:* Wiedererweckte. *Familienstand:* ledig, zu Piloti paßt ledig. *Beruf:* ich tippe auf Malerin, schreibe aber Künstlerin, ist neutraler. *Wohnort:* derzeit Lindisfarn. Stimmt ja auch: die Klinik liegt nicht in Vandans, sondern auf der Insel.

Letzter Aufenthalt: was spielt das schon für eine Rolle?

Wer hat sich solche Fragen ausgedacht?

Natürlich schreibt die Ärztin dies nicht ins Krankenblatt.

Hinter *Aufnahmeort* notiert Doktor Mazzolini: gem. § 3 nach Fr II. Das ist die übliche Formel. Das ist ihre Station.

Eine leere Zeile bei *Erblichkeit.*

Zwei leere Zeilen nach *Konflikt mit dem Strafgesetz.*

Zwei leere Zeilen nach *Krankheitsursache.*

Kudrun Mazzolini starrt auf das leere Papier, auf die Fragen und die vorgesehenen Möglichkeiten.

Dieser geflügelte Reisende, wie ist er linkisch und schlaff, comme il est gauche et veule. Er, einst so schön, wie ist er lächerlich und häßlich. Der eine neckt seinen Schnabel mit einer Stummelpfeife, der andere ahmt hinkend den Schwachen nach, wie er zu fliegen versuchte.

Was soll sie bei *Diagnose: klinisch/anatomisch* schreiben?

Aus dem Papier leuchtet das Gesicht von Karlina Piloti, die vor ihr sitzt, wippend und wimmernd, hauchdünn.

In den Augen sanfte Trauer.

Aber das kann sie nicht hinschreiben.

Zugang: endlich ist wieder eine Antwort möglich – 19. Februar.

Abgang: noch lange nicht, fürchtet die Ärztin.

Der Vordruck läßt dafür fünf Möglichkeiten zu:

sozial remittiert, geheilt, gebessert, ungeheilt, gestorben.

Der Raum für *früher gestellte Diagnosen (Arzt, Amtsarzt, Anstalten)* bleibt offen.

Der Dichter gleicht dem Fürst der Wolken, der mit dem Sturm Gemeinschaft hat und des Bogenschützen spottet; auf den Boden verbannt, von Hohngeschrei umgeben, hindern die Riesenflügel seinen Gang.

Sanfte Trauer kann man nicht in eine Krankengeschichte schreiben. Bei *Zeit* steht 15.40 Uhr.

Die Ärztin schreibt die beiden Worte in ihr Tagebuch. Vielleicht schreibt sie, sofern es die Zeit zuläßt, zu jeder Patientin ihre eigene Krankengeschichte.

Vollendung des Frontispiz.

Nach *Albatros* kam *Élévation.* Davon weiß die Mazzolini nur noch die ersten Zeilen. Manchmal will sie ihre Gedanken beim Ausfüllen der Krankenblätter festhalten. Davon verspricht sie sich Ordnung und Übersicht. Nicht von den Fakten allein. Der mexikanische Umhang, wohin gehört der mexikanische Umhang? Wahrscheinlich hält die Sekretärin die Neue für eine übergeschnappte Stadtstreicherin. Und die Türkin, verfolgt sie gleichmütig den Verfall? Hoffentlich kehrt sie nie in ihr Bergdorf zurück, sie darf keinem Menschen ein Sterbenswort erzählen von dem, was hier geschieht.

Die Ärztin geht in ihrem Arbeitszimmer auf und ab. Sie denkt an dem Namen Piloti entlang, will fliegen und kann es nicht, kennt nur noch die ersten Zeilen: *Hoch über den Wei-*

hern, hoch über den Tälern, Gebirgen, Wäldern, Wolken und
Meeren, jenseits der Sonne, jenseits des Äthers, jenseits der Gren-
zen gestirnter Sphären . . . voll Behendigkeit, und wie ein guter
Schwimmer, dem die Flut behagt, durchfurchst du . . . lerchen-
gleich.

Weiß nicht mehr, will sich ein Bild machen und kann es
nicht. Sie hält sich an die Fakten. Sie tut es widerwillig.
Aufschreiben und aufbewahren möchte sie, was jetzt in ihr
vorgeht. Das könnte von Nutzen sein im Umgang mit
Streunern und Indianern. Als Studentin hat sie, eine Zeit-
lang, jeden Tag penibel ihre Erfahrungen notiert. In ganzen
Sätzen, aus Gründen der Selbstdisziplin, hat sie Wichtiges in
einen großen Kalender eingetragen. Ein richtiges Tagebuch
war das nicht. Deshalb hat sie auch Log-Buch auf die erste
Seite geschrieben. Aber sie wollte nicht lügen.
Was ist mit den Schlüsseln?
Warum hat sie nicht mehr an die Schlüssel gedacht?
Karlina Piloti sitzt und wippt und wimmert leise, es klingt
fast wie Gesang.
Die Piloti trägt zwei Autoschlüssel eines holländischen Wa-
gens bei sich, einen Zettel einer Autogarage in Vandans,
ohne Eintrag und Stempel, der kann, wie er aussieht, Jahre
alt sein, einen zweiten Zettel, auf dem mit Tinte in der auf-
fälligen Handschrift die Autonummer steht.
Das ist doch ein Anhaltspunkt.
Man braucht nur die Polizei anzurufen, die Kraftfahrzeug-
zulassungsstelle. Das gibt es doch nicht, daß ein Mensch
völlig verlorengeht.
Die Buchstaben sind sehr klar, nur ein *S* hat verspielte
Schleifchen, wahrscheinlich später gelangweilt dazugemalt.
In der Tasche hat Karlina drei rohe Eier, unzerbrochen, drei
Rädchen alte Hartwurst, kein Geld, keinen Groschen.

Wurde sie ausgeraubt?

Ist sie das Opfer eines Überfalls?

Äußere Verletzungen konnten nicht festgestellt werden.

Während der Fasnacht passiert allerhand.

Die Mazzolini verabscheut die Fasnacht, denkt aber sehnsüchtig an Künstlerfeste während der Studentenzeit.

Wer hat der Verwirrten die Orientierung geraubt?

Die Frau weiß nicht, wo sie ist.

Sie hört zu wippen auf und wirkt freundlich.

Doktor Kudrun Mazzolini geht an den Instrumentenschrank und holt eine Sofortbildkamera heraus.

Die Piloti strahlt.

Sie weiß ganz genau, was jetzt geschehen wird. Ein wenig setzt sie sich in Positur, streicht sich das Haar aus dem Gesicht, verfällt aber, noch ehe die Ärztin den Apparat eingestellt hat, in Trauer.

Das Foto, das auf diese Weise entsteht und jetzt an meiner Zimmerwand hängt, zeigt wieder den Indio, welcher auf den Tod wartet. Es ist eine Maske.

Kein Lächeln auf dem Gesicht, das Haar gerade herunter, in der Mitte gescheitelt, einige Strähnen fallen in die Stirn. Die Augenbrauen sind hoch über den Augen und buschig, leiten eine sanfte breite Nase ein, machen, bis dahin, das Gesicht gütig. Oberhalb der Nasenflügel jedoch beginnen zwei Falten auf jeder Seite ihren Sturz den Mundwinkeln entgegen. Die Lippen, über denen ein dünner schwarzer Flaum liegt, sind schmal und kaum merklich geöffnet. Das Kinn liegt breit in Falten, die Wangen sind hohl, der Hals sehr faltig, stengeldünn. Das Wichtigste sind die vollkommen zerstörten Augen. Sie brechen das ganze Gesicht, sind glasig und stumpf wie bei einem enttäuschten Kind. Die Augenlider, sorgenmüde Flügel, hängen an unsichtbaren Fäden, links und rechts von den Mundwinkeln legt sich die Haut noch einmal in Furchen und Falten.

Da ist nichts mehr.

Kudrun Mazzolini ist fassungslos.

Die Piloti hat sich wieder gesetzt, blickt der Ärztin in die Augen und sagt:

Ich heiße Karlina Piloti.

Ich habe auch ein Buch geschrieben.

Es heißt: *Maskenwelt*.

Automatisch schreibt die Ärztin mit. Jedes Wort. Mehr als eine Gewohnheit: endlich Auskunft, Erleichterung, die Fahrzeugnummer, der Garagenzettel, jetzt der Name, ob er auch stimmt?

Der Apparat schiebt das Foto heraus, die Ärztin schaut es gar nicht mehr an, sie sieht ins Gesicht der Kranken und befestigt mit einer Heftklammer das Bild am oberen rechten Rand des Deckblattes der Krankengeschichte.

Frontispiz. Die Welt der Maske.

Eines Tages wird das Foto in meine Hände gelangen, nach mehr als zehn Jahren, eine dünne Nadel hält es an der Tapete. Karlina Piloti hat die Hände wie eine Schülerin auf ihre Knie gelegt und wippt, leicht vornübergeneigt, langsamer.

Eine Entscheidung ist noch zu treffen.

Doktor Mazzolini legt die für die Betreuung verantwortliche Krankenschwester fest.

Sie teilt Schwester Angela ein.

Der erste Stock der Villa der Frau Doktor in Vandans wird von Schwester Angela bewohnt.

Beide Frauen sind etwa gleichaltrig, beide haben sie kaputte, dick umwickelte Beine. Vom vielen Stehen.

Schwester Angela stammt aus Tägerwilen. Sie ist kräftig, langmütig und hat geduldige Hände.. Fast ihr ganzes Leben verbringt sie bei den Kranken in der Klinik, immer in der Nähe von Kudrun Mazzolini, deren uneingeschränktes Vertrauen sie seit dem ersten Tag genießt, als die junge Medizinerin vor Jahren ihre Stelle antrat.

Die Ärztin freut sich über ihren Entschluß, Karlina und Angela zusammenzuspannen.

Angela spricht den langsamen, bedächtigen Vandanser Seedialekt. Ihre strenge und zuverlässige Zärtlichkeit muß sich einer erst verdienen. Fremden, auch Ärzten und Professoren gegenüber, verhält sie sich zuerst mürrisch und abweisend.

Doktor Mazzolinis Station ist zugleich ihre Station. Die jungen Schwestern hören auf ihr Kommando. Sie ist die Tochter eines Gemüsebauern, eine, die nicht ins Kloster wollte. Als die Älteste, geschwisterreich aufgewachsen, ist sie von früh an das Zupacken und die Verantwortung gewohnt. Sie hat Hände wie Schaufeln, aber sehr weiche Finger. Nach einer wegen des Todes des Vaters abgebrochenen Lehre bei einer Näherin entscheidet sie sich für die Narreten.

Wer sie genauer studiert, erkennt: das ist eine gute Haut. Derlei sagt man zu Frauen ihres Schlages.

Frau Doktor hat entschieden: sie verschwistert Angela mit Karlina.

Als sie es Angela mitteilt, gibt diese zu verstehen, sie wäre gekränkt gewesen, hätte die Mazzolini anders entschieden.

An diesem Tag geschieht nicht mehr viel.

Auf dem Programm für die nächste Zeit stehen: Polizei, Kfz-Zulassungsstelle, Buchhandlung.

Über ein Antiquariat wird die hartnäckig suchende Ärztin etwa ein Jahr später tatsächlich das Buch *Maskenwelt* erhalten, das vor 35 Jahren erschienen ist.

Der ursprüngliche Sinn der Maske, wird sie lesen, *lag nicht in der Unkenntlichmachung des Gesichts, sondern in einer vorsprachlichen Formung des Ausdrucks.*

Schwester Angela bringt die Kranke endlich zurück in ihr Zimmer. Diese Nacht wird sie in einem Einzelzimmer verbringen, und Schwester Angela hat Nachtdienst.

Doktor Mazzolini greift noch einmal zur Krankengeschichte, nimmt das Foto vom Deckblatt, besieht es sich genau mit der Lesebrille.

Daran wird sie denken, genau daran, an das Lösen der Büroklammer sowie an das lange und nachdenkliche Betrachten des Fotos, wenn sie ungefähr ein Jahr später liest:

Die Gestaltung der Maske gab den Menschen die Möglichkeit, Lebloses zu beleben und Stummes beredt zu machen.

Dabei war der Schritt von der starren Larve zur bizarren Maske von größter Bedeutung.

Diese Augen vergißt keiner.

Dieses zerbrochene Gesicht gräbt sich ein, setzt sich fest.

Erst in der Rhythmik der Tänze steigert sich die Wirkung der Maske. Deshalb sind Maske und Tanz bei allen Völkern der Erde untrennbar miteinander verbunden.

Im Tanz verwandelt sich die Maske.

Die Maske gibt dem Tanz eine zusätzliche Bedeutung.

Totes wird lebendig.

Über dem Eingang in eine andere Wirklichkeit hängt eine Maske.

Gleichviel ob beim Theater oder beim Totentanz.

Wenn die Sprache versagt, wenn das Wort nicht ausreicht und auch die Geste verstummt, tritt das Antlitz an ihre Stelle.

Villa Piloti

Und mir ist, als würde dieses Lächeln immer größer und tiefer und wüchse in meinem Körper. Mein Kopf summt wie ein Bienenschwarm. Bücher und Geschichten und Bilder. Aber in Wirklichkeit erlebe ich diese Zeit eher als ein Taubstummer. Zwar sehe ich mehrmals, wie die Welt einstürzt, doch weiß ich erst jetzt, daß jede Erinnerung ein Erdbeben in sich birgt. In langen gläsernen Fäden sammelt sich der Regen auf den Scheiben zu Nadeln, die auf Dächern zerbrechen, splittern wie Eiszapfen, oder in durchsichtigen Wellen gegen das Fenster driften. Dann ist das Haus ein Schiff, das in diesem Meer mühsam den Hafen sucht. Die Brandung hämmert mit wütenden Schlägen gegen Türen und Fenster. Da bin ich gerne unterwegs, wie jetzt, zum Bannwaldsee. Kinderalt ist solche Lust an tobenden Stürmen, endlosem Landregen, wirbelndem Schneetreiben.

Auf der vielbefahrenen Straße, auf der man sich, aus der Metropole kommend, Thulsern langsam nähert, vorbei an der häufig auf Kalenderfotos abgebildeten Umrittkirche mit der halbhohen Mauer, den Schlössern eines schwermütigen Königs vorgelagert, liegt, kurz vor den erst in späteren Jahren entschärften Kurven, linker Hand das von hohen Hekken umzäunte weitläufige Grundstück, das zum Bannwaldsee hin abfällt und auf dem, von der Straße weiter oben aus nicht einsehbar, das Häuschen steht: die Villa Piloti. Ein oberflächlicher Blick läßt es als unscheinbar, vielleicht ein wenig heruntergekommen, jedenfalls nicht gerade gepflegt erscheinen, zumal die verhältnismäßig sauber gestutzte Hecke durch ihre Geradlinigkeit eine hilflose Akkuratesse vortäuscht.

Die Zufahrt, neben der eine Haltestelle der *Alpenpost* ist, besteht aus einer Lücke zwischen den Büschen und einem verrottenden Schlagbaum, dereinst rot und weiß gestrichen. Sein ausgeleiertes Schloß ist nichts als ein rostiger Hebel, welcher über eine metallene Nase schnappt, an die Einzäunung von Viehweiden erinnernd. Das Grundstück wird auch im Winter als Campingplatz genutzt.

Der Weg hinunter zum See auf den Eingang des Hauses zu ist breit genug für Autos, frisch aufgekiest sowie am Rand durch abgehacktes Gras und etliche spitze Steine aus den Bergen gesäumt. Die Eingangstüre des Hauses ist vom Weg aus nicht zu sehen, sie liegt auf der Nordseite.

Im rechten Winkel zur Straße, etwas weiter weg vom Haus, steht ein langgezogener Kiosk, in dem auch die Dusch- und Toilettenräume für die Camper untergebracht sind.

Vor dem Kiosk wartet eine junge schlanke Frau mit blondem Rollhaar.

Das ist die Margot, sagt Karlina Piloti, die mich von der Bushaltestelle abholt. Sie ist ganz lieb, hat weiches Haar, aber nichts mit uns zu tun. Manchmal wird sie von Nino besucht, erfahre ich, dem Sohn des Postkutschengrafen, der ganz in der Nähe wohnt. Die Margot und die Männer.

Die blonde Frau lächelt. Sie hat alles gehört.

Karlina begrüßt mich herzlich, umfaßt meine Schultern, unsere Köpfe kommen sich kurz näher. Danach wird mir der Hund vorgestellt, der auf französische Kommandos reagiert, die er überhört, als er an mir hochspringt:

Mao von Bringfried.

Dazu kichert die Piloti.

Ich folge ihr auf dem Weg zum Haus. Sie geht rasch, mit federnden kleinen schnellen Schritten, leicht nach vorne gebeugt, wie ein Spurensucher. Im Mundwinkel wippt eine schwarze Zigarette. Klebt und wippt. Die Frau ist klein und wendig, dünn und zäh, trägt die Haare kurz, blauschwarzes Indianerhaar, Prinz Eisenherz-Schnitt. Die Gesichtshaut ist ledern, so daß ich das Alter unmöglich schätzen kann. Dafür beeindrucken mich Falten und Grübchen, Kurven, Runzeln, Gräben und Fallen, Schrunden und Furchen. Die Augen sind hellwach und listig, zugleich wegen der Brauen sehr gütig, die Lippen sind schmal, die Hände vorsichtig und fleischig empfindsam. Ich stelle sie mir vor, wie sie über einen glatten Stein streichen oder über geschliffenes Holz.

Karlina trägt eine auffallend bunte, mit großem Fischgräten- muster versehene Hose, deren untere Beine vom Knie an weit ausgestellt sind. Bügelfalte ist keine mehr da. An der Naht baumeln dafür links und rechts winzige Glöckchen, die bei jeder Bewegung, bei jedem der schnellen Schritte, einen fremden Klang hören lassen.

Sie habe diese Hose, auf die hin man sie gelegentlich an- spreche, aus Mexiko mitgebracht, daher auch die mexikani- schen Stickereien, die mir erst jetzt auffallen. Ich finde die Kleidung einfach toll, großartig, überdies höchst riskant in dieser Gegend. Die Roana, ein ponchoähnliches Tuch mit kurzen Fransen, aus braungrauer Lamawolle mit unauffälli- gem Meandermuster, das sie um die Schultern geworfen trägt, stamme aus Bolivien.

Dazu ein andermal mehr.

Sie habe Südamerika viel bereist und etliches mitgebracht. Die Anden seien unvergleichlich, nicht wie diese albernen Gebirge Europas.

Die Menschen gingen dort ganz anders. Jeder Schritt ein Tanzschritt.

Unter der Roana trägt meine Gastgeberin, die ich nach län- gerer Bekanntschaft heute das erste Mal besuche, endlich hat es geklappt, ein kragenloses Männerhemd, das aus der Hose hängt. Die Füße stecken in kurzen Stiefelchen aus weichem Leder. Ich suche nach einem Wort für ihre Art sich zu bewegen. Vielleicht könnte man dazu geschmeidig sagen.

Unter dem Campinggewimmel leide sie, im Sommer sei der Betrieb schrecklich: der Abfall stinke, schreiende Kinder, das Geplärr der Transistorradios. Jetzt sei es etwas erträglicher, kaum Betrieb, nichts los. Ich sehe nur leere Zeltflächen. Im Winter kämen um Weihnachten herum nur die Fanatiker, um eine kleine Tanne vor das Zelt zu stellen und zu zündeln.

Zur Straße hinauf hat das Häuschen im Erdgeschoß zwei Fenster, im ersten Stock jedoch nur ein breites Fenster, hinter dem ich Karlinas Atelier vermute.

Ja, sie bewohne den ersten Stock, habe ihn für sich allein. Dies genüge.

Früher habe das Haus ihrem Vater gehört, einem hohen Forstbeamten, danach ihr, aber sie habe es aus Geldmangel hergeben müssen, ebenso den See, ein Jammer. Sie deutet auf den Namen unter der ersten Klingel: die neuen Besitzer. Ein Fabrikant, der ab und zu zum Fischen kommt. Ruhige Leute.

Über der zweiten Klingel lese ich auf einem kunstvoll geschwungenen Messingschild in Zierschrift: Piloti.

Der kurze letzte Teil des Weges besteht aus Platten, die auch um das Haus herum gelegt sind und damit der Grasinsel inmitten der Kieslandschaft, auf der das Haus steht, eine graphische Gliederung geben.

Die schwere hölzerne Eingangstüre hat ein kleines Guckfenster mit einem Gitter davor. Ein Blick von den zwei Steintreppchen des Eingangs zurück auf die Büsche zeigt, daß in den Stauden zusätzlich ein Drahtzaun gezogen ist, inzwischen an den meisten Stellen von Zweigen und Ästchen überwuchert.

Die Zimmer im ersten Stock müssen schräg sein, so niedrig ist das Haus. Mir kommt es vor, als ducke es sich, als solle man es nicht sehen. Neben der Eingangstüre ist auf halber Höhe das Fenster des Treppenhauses, eingerahmt von zwei nicht mehr verschließbaren Fensterläden, gleichfalls durch Gitter geschützt, obwohl höchstens eine Katze durch die Öffnung schlüpfen könnte. An der Innenseite ist ein bestickter Vorhang erkennbar, eine fremdartige Kostbarkeit vorgaukelnd.

Das Haus leuchtet, als wäre es rundherum von purpurroten Schindeln ummantelt. Wenn im Winter die Sonne tief steht, taucht sie dieses Haus in den späten Nachmittagsstunden gegen die schneeweiße Umgebung freier Felder in einen scharfen Kontrast, dessen Röte die Augen brennen läßt.

Links und rechts von der Eingangstüre, symmetrisch und in exakt gleichem Abstand, lodern zwei Sonnenuhren in Gestalt flammender Räder. Die linke Sonnenuhr zeigt die hiesige Zeit, die andere laut Piloti ozeanische Zeit. Der Erbauer der Villa, Esra Piloti, Großonkel ihres Vaters, habe einst eine Weltreise unternommen und zur Erinnerung an seine wunderbaren Jahre jene Uhren anbringen lassen, dazu den Spruch, welchen man später übertüncht habe:

Manchmal bin ich ein Adler, des Malers Antonio Ligabue gedenkend.

Esra Piloti habe den Landsitz mit Bedacht in dieser Gegend gewählt: er wollte den Königsschlössern nahe sein. Später habe er auf einer Bergwiese namens Schloßanger eine Gralsburg nach byzantinischem Stil bauen lassen wollen, sei aber dann von den bei einem Deichselbruch eines Marmorfuhrwerks durchgehenden Pferden totgetrampelt worden.

Meine Gastgeberin erwähnt dies nebenbei, mich zugleich auf die kräftigen Äste einiger Haselnußsträucher hinweisend, in denen an einer Stelle zwei Haken für die Seile einer Kinderschaukel eingeschraubt sind.

Ich sehe Effi Briest auf der Schaukel fliegen.

Die Piloti hat etwas vor. Ich merke es. Ich soll nicht wie gewöhnliche Sterbliche das Haus durch die Tür betreten.

Die Frau tut erschrocken und stellt fest, sie habe sich ausgesperrt. Der Hund umkreist uns. Der Schlüssel stecke innen, sie habe die Türe einfach zugezogen, um mich rechtzeitig vom Bus abholen zu können.

Sie sieht mich mit listigen Äuglein an.

Ich begreife, daß sie ein Spiel spielt: eine Mutprobe?

Eintrittsgeld.

Auch der Hund ist darauf gespannt, wie ich reagiere.

Also gehe ich über den Balkon ins Haus, sage ich ruhig, aber meine Kehle ist trocken.

Karlina erklärt mir, auch die Margot habe keinen Reserveschlüssel, da sie mißtrauisch sei. Mein Vorschlag sei gut, die Dachrinne biete zuverlässigen Halt, die Balkontüre habe sie glücklicherweise nur angelehnt, notfalls hätte man sie einschlagen müssen. Ich sei ein gelenkiger junger Mann mit Phantasie, wie ich jetzt zeigen könne.

Auch Mao warte darauf, mich zu bewundern.

Es ist nicht besonders schwer, an der Traufrinne, neben der überdies ein Blitzableiter verankert ist, die wenigen Meter in die Höhe zu klettern, sich am Balkonholz festzuhalten, sich über die Brüstung zu schwingen und ins Innere des Hauses zu gelangen.

Während ich mich als Kletterer beweise, habe ich eine Sekunde die Vorstellung, mit der Piloti in einer Zweierseilschaft im Himalaya unterwegs zu sein.

Ich hangle mich an der Dachrinne hoch und sehe hinaus auf einen spiegelglatt gefrorenen See, aus dem manchmal am Ufer erstarrte Schilfrohre ragen.

Ich meistere den Aufstieg und höre begeisterten Applaus.

Das Balkonzimmer hat lediglich Platz für ein Bett, aller übrige Raum ist von Büchern besetzt. So habe ich mir das auch ausgemalt. Die Wände sind mit Bücherregalen vollgestellt; wo noch eine freie Fläche ist, hängen Fotos. Bilder und Bücher beherrschen das Zimmerchen mit der Dachschräge, darin ein Aroma von Rauch und Blättern steht.

In Thulsern erzählt man sich gelegentlich, in dem Haus gingen Dinge vor, die man sich nicht träumen lasse.

Den Dachboden stelle ich mir als eine liederliche Ansammlung von unnützem Krimskrams vor; von der Küche erwarte ich, daß dem Backrohr der Duft von Vanille und heißen Plätzchen entströmt. In Karlinas Studio vermute ich Altmännergeruch: nach Tabak und Wein.

Ich trete vorbei an einem zwei Meter hohen, etwa achtzig Zentimeter breiten Bild, welches wirre Linien, dunkelgrau, gezogen von einem breiten Pinsel, zeigt, hinaus in den Gang, der ins enge Treppenhaus übergeht.

An den Wänden wiederum Bücher, genauer: ein zimmerhoher Wandschrank mit Schubläden, wie Schatztruhen beschlagen, großen Fächern mit Bildbänden. Meine darüberhinstreifenden Augen lesen China, Peru, Mexiko, Azteken, Negerplastik. Ein überquellendes Bücherregal schließt sich an, in dem sich zahlreiche Bildausgaben unterschiedlichen Formats drängen, dazwischen leuchten die goldenen Buchstaben des Korans, daneben folgen Schullesebücher von der ersten bis zur fünften Klasse, eine Rechtschreibfibel sowie ein Katechismus, den ich in diesem Haus nicht erwartet habe, und drei Nummern eines Heimatkalenders mit Papierfetzchen als Einmerker, von der Sonne gebleicht. Die fünf wulstigen Atlanten sind nicht zu übersehen, ebensowenig die zwei Meter Merian-Hefte, dicht an dicht, vermutlich von einem überhastet zwischen Tür und Angel abgeschlossenen Abonnement herrührend, das dann nie mehr gekündigt wurde. In einigen wenigen von Büchern freien Regalbrettern stehen Blumenvasen und Töpfe, sämtlich leer, angestaubt, die aus Ton mit Wasser- oder Fettflecken, die aus Glas eingedunkelt. Dazwischen finden sich Häfelchen, ein Gewürzsträußchen mit strengem Duft, ein verschmutzter Bierkrug, eine zerbrochene Steinhägerflasche, bräunlich erdig, die getrocknete Blüte eines Bananenbaumes sowie ein Salzfäßchen. Die andere Seite des schmalen Ganges, an der keine Regale hängen, ist über und über mit Fotos, Bildern und Graphiken bedeckt, zahlreiche Collagen darunter, die alle mit Eisbergen zu tun haben. Linolschnitte stellen Gesichter und Umarmungen dar.

Dazwischen leuchten die Masken.

Ganz oben thront ein federgestirnter Gott aus Neuguinea, mit Muschelaugen, einer Bastquaste, welche durch die schlanke Nase gezogen ist, kräftig umrahmten Augen, einem kleinen Mund sowie noch kleineren Ohren. Grau und blau sind die bestimmenden Farbtöne. Darunter sticht die spiralförmig gewundene, überdimensionale Nase eines Kopfes aus einheimischem Wurzelholz hervor, an dem nur wenig gearbeitet werden mußte, weil es ohnedies die Fratze eines Waldschrates darstellt: einen verschmitzten, vielleicht auch heimtückischen Waldgeist, aus dessen schräg geöffnetem Maul ein einziger spitzer Zauberzahn ragt, wie der Giftzahn einer gefährlichen Schlange.

Komplizierter einzuschätzen ist die Gemütslage der dritten Maske, einer balinesischen Tanzmaske, wie mir die Piloti später erklärt. Die bescheidene Größe ist ein Merkmal dieser Kostbarkeit, unterstrichen von den Farbkombinationen aus Rot, Zimtrot, Goldbronze, Elfenbein und Schwarz, wobei sämtliche Farben wegen des Bambusholzes wie angestaubt wirken. Eine derartige Larve mit jenem spitzen Gesicht und der steil nach oben weisenden Nase, den herauspurzelnden Augenkugeln, einem Strahlenkranz aus halbaufgerichteten Lamellen und knallroten, von schwarzer Lineatur kunstvoll durchzogenen Ohren, groß wie Flügel, man hätte an Elefantenohren denken können, setzt sich sofort im Gedächtnis fest. Vermutlich dient die Maske mit dem dreisten Blick der Hausherrin zur Abschreckung nicht willkommener Besucher.

Die Zeile mit den Masken wird abgeschlossen von einer einheimischen Fasnachtslarve, grell, bunt, mit roßhaarverwucherten Nasenlöchern und grün hervorstechenden Bakkenknochen.

Wenn du an den Masken vorbeikommst, höre ich die Piloti draußen rufen, denk dran: es handelt sich um verzauberte Eisprinzessinnen. Also sei höflich und verneige dich respektvoll.

Sie drehten auf dem See ihre atemlos schnellen Pirouetten, immer schneller und schneller, bis sie schließlich nur noch ein flirrender Strich auf Schlittschuhen waren. Da hat sie der eifersüchtige Zwerg Siebenfroh in Masken verwandelt.

Wenn du hinausgehst aufs Eis, kannst du noch die Kratzer von den Kufen der Schlittschuhe sehen. Sie schimmern im Mondlicht wie silberne Fäden.

Ich will etwas sagen, schweige aber dann verschüchtert, auf die drei Türen achtend, die vom Korridor wegführen. Eine davon ist geöffnet, ich sehe hinein in ein Arbeitszimmer: ein winziges Stübchen, vom Boden bis zur Decke mit überquellenden Bücherregalen sowie einem Schreibtisch und einer aus der Wand herausragenden Platte für eine Schreibmaschine vollgestellt.

Nach dem quer über einer knapp bemessenen Kopfhöhe angebrachten, den Flur teilenden Regal, welches mit Schmalzhäfen und indianischen Figuren gefüllt ist, noch den letzten Platz nützend, geht es die steile Holztreppe hinunter, hinter deren Türe Karlina Piloti und ihr Hund Mao in der Wintersonne warten.

Im flimmernden Farbenspiel des Nachmittagslichtes steige ich schnell ins Erdgeschoß, sehe, wie der Schlüssel tatsächlich von innen steckt, drehe ihn um und glaube, in diesem Augenblick eher in einem Film vorzukommen als in der Wirklichkeit. Trotzdem achte ich sorgfältig auf alles, nichts darf mir entgehen, es erscheint mir wichtig und einmalig zugleich.

Ich drehe den Schlüssel im Schloß, Karlina tritt lachend ein, der Hund stürmt an mir vorbei die Stiege hinauf.

Heiterkeit. Karlina schwingt die Roana von der Schulter wie ein Torero die Capa.

Wir steigen die Treppe hinauf, nehmen im Wohnraum Platz, der wiederum mit nichts als mit Büchern, Masken und Fotos gefüllt ist, durch ein Dachfenster in der Schräge fällt die dünner werdende Wintersonne.

Die Frau lächelt mich an, sagt: gut gemacht. Ich lächle zurück, ich bin schüchtern, weiß nicht wohin mit den Händen vor Herzklopfen. Der Hund liegt in seinem Korb und sieht dauernd herüber. Wir sitzen lächelnd und schweigend, ich möchte meine Unbeholfenheit durchbrechen, sie überwinden wie die erklommene Hausmauer. Ich bestehe nur aus

Bewunderung und Verehrung, mein Blick weicht aus, geht durch das Dachfenster. Schon auf der Herfahrt fiel leicht Schnee. Jetzt trübt es sich ein, das Zimmerchen ist mollig warm, ich streife den Pullover ab, schäme mich der verwirrten Haare, ich fühle mich dennoch, als bewohnte ich diese Höhle schon seit Jahren.

Karlina bereitet Kaffee, ich höre das Geschirr ein wenig scheppern, während ich immer wieder zum Fenster hinaussehe.

Von der Straße ist fast nichts zu hören, der See liegt wie ein Spiegel, dunkelt sich langsam ein.

Karlina kommt zurück und meint, dies sei die Tageszeit, in der man keine Entscheidungen fällen dürfe. Sie sei zu gefährlich.

Bilder aus Skandinavien fallen mir ein: mit verschneiten Straßen, hohen Schneewächten, mit rodelnden Kindern und langen schneehellen Winternächten, in denen träge die Flocken zur Erde taumeln, als enthielten sie ein Gift, das Stille verbreitet, weiße Stille. Ich fühle mich ein wenig schwindlig; mir ist, als entstiegen all den Büchern die Frauen und Helden und tanzten im flackernden Licht.

Karlinas Gesicht kommt mir verändert vor, undurchschaubar, unheimlicher.

Die dunklen Augen leuchten.

Jetzt fühle ich mich behaglich und spiele mit den Wachstropfen. Wir beginnen zu erzählen, sie fragt mich vorsichtig aus, spricht von den Masken, erklärt und deutet, berichtet von Reisen und vom Fotografieren, welches sie eine Kunst nennt, die höchste Geduld fordere. Um die Eigenart der Maskenkunst zu begreifen, höre ich, müsse ich das pantomimische Element besonders beachten; Innenbewegung und Spannung, gröber und leiser schwingend, an- oder abschwellend, seien wichtig, der Rhythmus bringe durch Spannung und Lösung formale Ordnung in die Gesichtszüge.

Mit der Kerze ihr Gesicht unterschiedlich ausleuchtend, demonstriert mir Karlina Piloti ihr Wissen und läßt es anschaulich werden. Immer wieder ironisiert sie sich dabei und lacht.

Zu erkennen, was sie ernst meint, fällt mitunter schwer. Auch, wenn sie von der Villa spricht, was sie besonders gerne tut. Sie liebe die bizarre Architektur, dies sei vielleicht Erbe des sonderlichen Ahnherren Esra. Stets sei er bestrebt gewesen, der einzige seiner Art zu sein. Sie habe seine Aufzeichnungen gelesen, phantastische Gerüste, sie sei fasziniert von der Durchsichtigkeit, von bergender Höhle, Labyrinth und Spirale. Es sei falsch, den Kanon der Stilreinheit an ein Mischmaschkunstwerk anlegen zu wollen, wie es auch diese Villa sei: niemand käme auf die Idee, einem Kamel vorzuwerfen, als Pferd sei es mißlungen.

Heute baue man mit Kieselsteinen, Glasbruch und Porzellanscherben, Drahtgeflecht, Schrott und umgestürzten Bäumen. Ein französischer Postbote habe gezeigt, was alles möglich sei. Bauten in Form von Würstchen, Pfannkuchen, Klavieren oder Dinosauriern würden jene Thulserner Bauern, welche sich wegen der Sonnenuhren die Schnäbel wetzten, das Staunen lehren. Extreme Ungereimtheiten erst gäben Einblick in das turbulente Universum. Da wir gelernt hätten, daß sich Groteske und Wasserspeier durchaus vertragen, sei uns jedwede Chimäre vertraut. Die Lösung des Rätsels dieses Maskenhauses, in dem ich heute übernachte, liege endlich in einem Begriff wie Gesichtshaus: er versöhne Maske und Architektur, bringe zum Sprechen, was schweigend beredt sei. Und darauf komme es an:

Überall unentwegt mückenhaft schwirrende Geschichten in Einklang zu bringen mit einer hellen, heimeligen Zukunft, warm und dunstig wie in einem winterlichen Stall, virtuos und nie ohne Trost, stets neu den Mangel in Wunsch verwandelnd sowie Mißtrauen in Zuneigung und Würde, unserem Anteil an Utopie und Schönheit – auf daß wir nicht im Abseits blieben vor eisigem Stolz, mühselig gedeihend wie Eiszapfen.

Rauhreifwiesen

Aufgrund des Zettels mit der Autonummer kann Doktor Kudrun Mazzolini durch Anruf bei der Polizei, wir arbeiten ständig zusammen, feststellen lassen, daß Karlina Piloti in letzter Zeit mit der Vandanser Gendarmerie zu tun hatte.

Von der entsprechenden Dienststelle ist zu erfahren, daß die fragliche Person in den letzten Fasnachtstagen den Verlust ihres Autos meldet.

Da ihr Benehmen den Beamten jedoch merkwürdig erscheine, rufe man in Thulsern bei der Landpolizei an und erhalte von dort die Auskunft, auf den Namen Karlina Piloti sei tatsächlich ein Kfz zugelassen, es handle sich um ein holländisches Fabrikat. Die Thulserner Polizei ist redefreudig.

Der Reviervorsteher gibt an, die Piloti sei amtsbekannt. Eine sonderliche Figur, die gerne die Leute zum Narren halte. Aber harmlos. Im Grunde genommen harmlos, sehe man einmal von den männlichen Gästen ab, die gelegentlich in einem als Villa bezeichneten Häuschen nächtigten.

Es sei schon vorgekommen, daß Gruppen dort zusammengekommen seien.

Konspirative Umstände könne man dies nennen, wenn es angebracht sein sollte.

Zu der einheimischen Bevölkerung habe die Person wenig Kontakt. Man gehe sich aus dem Weg. Es gebe Gerüchte über fremde Gäste. Jüngere, zur Streife abgeordnete Beamte hätten trotz oft tagelanger Beobachtung nichts Außergewöhnliches feststellen können. Man habe dann die Observation wieder aufgegeben. Sie sei ohnedies nur im Rahmen der Ausbildung polizeilichen Nachwuchses angeordnet worden.

In Vandans sei zwischen der Piloti und der Polizei anläßlich

73

der Vermißtmeldung des Wagens vereinbart worden, daß sie sich nach ein paar Tagen, wenn der Fasnachtsrummel seinen Höhepunkt überschritten habe, wieder auf der Wache einfinden solle.

Feststeht: der Name Karlina Piloti ist amtlich.

Die Frau sei aber dann nicht mehr erschienen. Deshalb habe man von der Annahme ausgehen können, das verschwundene Auto habe sich gefunden.

Während der Fasnachtszeit gingen mehrere solcher Vermißtenanzeigen ein. Da wisse so mancher am nächsten Morgen nicht mehr, wo er den Abend vorher verbracht habe.

Die Thulserner hätten auch so manchen Vogel, wie man wisse.

So ein verrücktes Huhn.

Man habe gleich gesehen, daß die nicht alle fünf Sinne beisammen habe.

Die hat den Karren besoffen irgendwo stehen lassen, und jetzt weiß sie nicht mehr, wo.

So wie die redet und sich benimmt.

Man habe angenommen, sie sei nach Auffinden des Wagens weitergereist.

Ob sie angegeben habe, auf der Durchreise zu sein, wisse man nicht. Man habe kein Protokoll angefertigt.

Einem Fernschreiben der Landpolizei von Thulsern sind die Personalien zu entnehmen.

Angehörige sind der Polizeikommandantur nicht bekannt.

Die Polizei vergißt die Vermißtenanzeige, die von der Putzfrau, welche den Hund in Obhut hat, aufgegeben wird.

Das Dokument wird einfach unterschlagen, ist vermutlich zwischen den Akten, geht auf diese Weise verloren.

Später würde wahrscheinlich die überhandnehmende Büro-kratisierung als Entschuldigung angeführt werden.

Auf der Suche nach ihrem Auto irrt die Indianerin durch die Straßen von Vandans, gerät manchmal in einen Fasnachts-strudel, wird davon mitgerissen. Man hält ihre Kleidung für ein Kostüm. Immer wenn sie Auskunft verlangt, wird ge-lacht.

Meide den Kummer und meide den Schmerz, dann ist das Leben ein Scherz.

Doktor Mazzolini sieht ihre Patientin in der Kälte stehen, sieht, wie ihr Atem zu einer Säule wird. Sie kennt die Streune-rinnen, die manchmal an der Pforte der Klinik stehen und um eine Tagessuppe bitten, Pennerinnen, von denen niemand weiß, wann sie sich jemals waschen, an den öffentlichen Brunnen, wenn es niemand sieht, die Rauhreifwiesen des Stadtparks schon in aller Früh verlassend, voll zäher Verwei-gerung und Selbstverleugnung. Oft sehen diese Frauen doch fast doppelt so alt aus, wie sie tatsächlich sind.

Niemand weiß, ob Karlina Piloti zu ihnen stößt. Wer jedoch ihre Verwahrlosung beobachtet hätte, der wäre dessen si-cher gewesen: das ist eine von denen.

Aber ihr fehlen die Plastiktüten, gefüllt mit den Habseligkei-ten eines geschrumpften Haushaltes, in deren Mitte diese Frauen sitzen, als wären sie Mütter und die Tüten ihre Zög-linge.

Windet sich die Piloti morgens steif aus den Büschen öffent-licher Anlagen, hat sie, nächtens kläglich eingerollt, die Lichter der Stadt gesehen, das Lärmen der Feste gehört, die Augen niedergeschlagen, die Arme streng verschränkt?

Mir kommt es vor, als fühlte ich ihre Hand über Sandstein streichen, in Mauerritzen nach Eßbarem suchen und nach Halt, durch leere Häuser streifend, von Hunger und Verlassenheit getrieben, auf die zuletzt verbliebenen Salamischeibchen hoffend, auf ein Erdloch oder den Schutz des Torbogens eines Kirchenportals.

In dieser Stadt gibt es die Warmluft verströmenden Schächte der Untergrundbahn nicht, welche andernorts in Verbindung mit Zeitungslagen bis zum Wintereinbruch erträgliche Bleibe garantieren.

Das saubere Vandans mit seinen überdachten Einkaufsstraßen und Fußgängerzonen, in denen untertags das behende Dudeln Kadenzen übender Flötistinnen zu hören ist, duldet solche Verluderung nicht.

Es hat seine öffentlichen Wärmehallen, beaufsichtigt von akademisch geprüften Sozialarbeitern, deren beschäftigungstherapeutische Vorschläge die Trauer der Vaganten steigern.

Die Mamorbänke in den Anlagen unterliegen strengen Kontrollen – hätte die Piloti dort Obdach gesucht, wäre sie aufgegriffen worden.

Über Leere und Vergeblichkeit glaskuppelüberspannter Bahnhofshallen wacht eine spezielle Polizei, ausgerüstet mit scharfen Hunden und Maschinenpistolen. Auch dort ist die Entwicklung von Abwehr und gesteigerter Erwartung nicht möglich, auch von dort dringt schnelle Kunde an die Fachärzte für Forensische Psychiatrie.

Trotzdem sieht vielleicht zufällig eine Frau, eine Ärztin, die andere tagelang durch die Straßen der Stadt streifen, an Imbißtheken hängen, wo das letzte Geld versickert, sieht sie suchen und nicht finden.

Nachts ist die Piloti wie vom Erdboden verschluckt, als überspränge sie einfach diese Stunden. Der Schnee schmilzt, aber die Nächte sind noch lausig kalt, auch in den Ruinen und auf Trümmergrundstücken, die immer weniger werden oder immer schärfer bewacht, als gälte es, die offenen Wunden der neueren Geschichte zu pflegen.

Hört jemand, wie Passanten diese Frau schmähen, sie in Durst, Frost und Hunger zurückstoßend, immer wieder neu, jedesmal, wenn sie Anlauf nimmt, dem Elend zu entkommen?

Ankämpfend gegen den dauerhaften Lack der Ruhebänke vor den Einkaufszentren mit schlechtem Geruch, die verdreckten Haare gegen Unrast und Gier einer sich in verordneter Fröhlichkeit tummelnden Bevölkerung setzend, streunt die Indianerin durch die Stadt, orientiert sich zuletzt an den in halber Höhe angebrachten Abfallkörben neben Eisdielen und Pizzerien, hoffend, im Untergeschoß des Bahnhofes in Dunst und Schwüle sich für eine Nacht verkriechen zu können. Schwarze Fingernägel und verfilzte Kleidung werden immer mehr zum Ausweis. Anmut und Würde schwinden, je länger der Aufenthalt dauert. Bei Regen oder Schneetreiben steht die Frau mit einem Tuch über dem Kopf, in dem sich die Gedanken längst an der Verzweiflung wundgerieben haben.

Wie soll da einer nicht die Orientierung verlieren, wie soll da eine Frau nicht vor die Hunde gehen, am Schloßcafé vorüberstreifend, die Stufen der Staatsoper entlang, eine Verwirkte, die sauren Speichel ausspuckt und sich immer tiefer im Gestrüpp verliert?

Im Gedanken daran dreht die Ärztin den Schraubverschluß eines Behälters leer hin und her, als halte sie eine Zweiliterflasche billigen Wermuts in den Händen.

Die Geschichte überspringend, läßt sie ihren Schützling holen. Er sieht wie ein Clown aus, denn die Anstaltskleidung, ein grausamer Notbehelf, ist viel zu groß, baumelt an Karlina, erniedrigt sie zur Vogelscheuche.

Aber die Piloti spielt mit, mimt den Clown, läßt Ärmel und Hosenbeine flattern.

Woher auf einmal die tänzerische Grazie dieser Bewegungen?

Die Ärztin lächelt: das Komplott beider Frauen.

Für Doktor Mazzolini steht fest: diese Patientin wird sie nicht abgeben, eine Überweisung an einen Fachkollegen ist jetzt nicht mehr möglich.

Vielleicht gelingt es, Karlinas Vertrauen zu gewinnen.

Doktor Kudrun stülpt Karlina die Ärmel zurück. Diese läßt es gern mit sich geschehen.

Die schmalen Schultern.

Frau Piloti gibt an, notiert die Ärztin, am ersten Tag dieses Jahrhunderts während des Krachens von Feuerwerkskörpern und des Berstens der Raketen in buntem Himmelslicht in der Metropole geboren, später jedoch viel auf Reisen gewesen zu sein.

Jedes Wort wird jetzt wichtig.

Dabei leuchten die Augen, die Trauer scheint verflogen.

Es geht ja, macht sich die Ärztin Mut, nimmt dabei ihre Patientin bei der Hand. Die Frauen gehen ans Fenster, sehen hinaus auf den See: auf dem langsamen Wasser treiben Blätter, ein halbversunkener Baumstamm ragt mit nasser Rinde hervor.

Der Händedruck wird erwidert.

Wie auf Bildern, sagt die Piloti.

Sofort stenographiert die Ärztin mit.

Die Patientin steht allein am Fenster, Doktor Mazzolini sitzt halb auf dem Schreibtisch, rückt ein Foto beiseite, ein kleines, aufgeschlagenes, schwarz eingebundenes Notizbuch in der Hand. Sie habe einmal einen ungarischen Maler geheiratet, hört sie, dem hätte die Szene gefallen. Weil sie sich auf erbarmungslose Weise geliebt hätten, sei schon bald nicht mehr genügend Luft für beide dagewesen; außerdem habe jeder gerade erst begonnen, seinen eigenen Weg zu suchen.

Augenzwinkerndes Beteuern.

Schließlich habe sie sich scheiden lassen von ihrem Jozef.

Jozef mit z, sagt Karlina, und Kudrun Mazzolini korrigiert die Mitschrift.

Jetzt sei er tot. Gestorben. Vorbei und verweht. Und sie wisse nicht wann noch woran. Aber seine Frau, die sie ihm ausgesucht habe, worauf sie stolz verweise, die sei ein feiner Kerl.

Karlina kommt auf die Ärztin zu und will sehen, was diese notiert. Frau Mazzolini befürchtet nicht, daß ihre Patientin das Notizbuch, das sie ihr aushändigt, zerfetzt, obwohl ähnliches mit anderen Kranken schon vorgekommen ist.

Karlina dagegen lobt die Handschrift der Ärztin, bezeichnet sie als rund und ausgeglichen.

Rund und ausgeglichen, trägt Doktor Mazzolini nach.

Auf die Frage, woher sie jetzt komme, erhält sie die Antwort:

Das ist nicht mehr wichtig. Das gehört zu den Verabschiedungen. Aber ich war viel in Paris, auch in England und in Peru. Denken Sie nur.

Von einem Seufzer begleitet: Und dann im Süden. Den liebe ich besonders. Ach, das Meer, weit und blau.

Wo sind Sie jetzt, Frau Piloti?

In Zwiefalten oder so.

Nein, in Wegscheid.

Ich stelle mir vor, daß Karlina Piloti dabei ein wenig lächelt.

Was ist das hier?

Hier ist hier und immerdar.

Ist das ein Krankenhaus?

Krankenhaus, komm heraus, schau hinaus, in die weite Welt hinaus. Stock und Hut.

Ist das ein Kaffeekränzchen?

Ja, der Kaffee kommt gleich.

Beide Frauen lachen. Beiden ist es ernst.

Die Ärztin stellt anhand weiterer Fragen und Beobachtungen fest, daß die Piloti keine Simulantin ist.

Als der Blutdruck gemessen wird, fragt die Indianerin ängstlich, ob das auch gut für sie sei: vor der Manschette habe sie Angst.

Sie schnüre ihr die Luft ab, der Arm werde zugedrückt, bis er blau werde.

Am liebsten würde die Ärztin ihre Patientin filmen. Mit Ton.

Woher die Angst vor dem Blutdruckmessen?

Ausdrücklich und mehrfach beteuert die Ärztin, Blutdruckmessen sei weder schädlich, noch bereite es Schmerzen. Es sei, ganz im Gegenteil, hilfreich und gebe Aufschluß, gehöre zu jeder Routineuntersuchung.

Karlina Piloti krempelt ihre beiden Clownsärmel hoch bis weit über die Ellbogen, streckt beide Arme hin und verfolgt aufmerksam das Steigen und Fallen der Säule.

Sie will auch andere Instrumente, auf die sie deutet, erklärt bekommen, und gibt sich dabei nicht mit oberflächlicher Beschreibung zufrieden.

Sie will alles ganz genau wissen. Die Ärztin vermerkt es gesondert. Karlina erklärt, im Zimmer auf und ab gehend, plötzlich strahlend:

Ja, das hilft mir. Messen Sie ruhig weiter, ich störe Sie dabei nicht. Die Dicke des Eises ist wichtig. Daran erkennt man, ob es trägt oder nicht. Davon kann ich Ihnen einiges erzählen. Vielleicht ein andermal.

Doktor Mazzolini geht sofort darauf ein, aber sie kommt, trotz zugespielter Reizworte, nicht weiter, weil Karlina wieder schweigt, als wären sie sich noch immer fremd, vollkommen fremd.

Da beobachtet sie, wie eine Krankenschwester einer anderen etwas zusteckt.

Sie zupft die Ärztin am Ärmel und fragt flüsternd, ob die eine Krankenschwester die andere jetzt umbringe.

Die Patientin läßt sich jedoch schnell vom Gegenteil überzeugen, will aber beide Krankenschwestern berühren, was diese ihr lachend zugestehen.

Doktor Mazzolini spricht dabei mit den Augen.

Die Piloti murmelt unverständliche Sätze von einer jungen Frau und einem jungen Mann, die gleich nach dem Essen zu ihr kämen. Auf Nachfrage ist sie aber nicht bereit, notiert die Ärztin, darüber präzisere Auskunft zu erteilen. Patientin schweigt verstockt.

Schwester Angela wird hinzugezogen. Ihre fragenden Blicke beantwortet Frau Doktor Mazzolini mit der Erklärung, in solchen Fällen sei die Kausalität oft derart verschlungen, daß man häufig nie dahinterkomme, worauf angespielt werde und welche Ursachen exakt hinter dieser oder jener Vision stünden. Wichtig sei auch gar nicht so sehr die Entschlüsselung, sondern die Fähigkeit, sich auf Bilder und Begriffe einzulassen und mitzuarbeiten. Die Krankenschwester hört genau zu und hat es gern, fachlich mit ihrer Freundin sprechen zu können. Obwohl sich beide Frauen schon so lange kennen, kommt es nicht zum vertraulichen Du.

Bei Assoziationsspielen entdeckt die Ärztin die intellektuelle Begabung der Patientin.

Sagt sie blau, sagt Karlina: Chagall.

Sagt sie Haus, sagt Karlina: Villa Piloti.

Sagt sie Bild, sagt Karlina: Metapher.

Gespräche über schwebende Haustiere, Engel, Dämonen, chassidische Luftmenschen schließen sich an.

Karlina spricht vom Engelsturz und nennt die Engel die Eulen der Mythologie.

Doktor Mazzolini hat das wörtlich.

Die Piloti besteht auf einem Nachtrag zu Chagall, obwohl das Gespräch an ganz anderer Stelle stockt.

Er sei zum Himmel aufgestiegen, durch Birken, Schnee und Rauch, getragen von dicken Weibern, welche sich unentwegt bekreuzigten.

Die Ärztin will wissen, ob sie von Chagall *Mein Leben* gelesen habe, das Buch sei vor zehn Jahren erschienen.

Keine Antwort.

Neuer Versuch mit *Albatros*.

Ach, seufzt Karlina, ein Papierdrachen aus der Kindheit.

Ohne Schnur machst du dich davon, auf und davon.

Plötzlich schießt es aus ihr hervor:

Proust hat beim Anblick seines ersten Flugzeuges geweint.

Der Asthmatiker hat geweint. Stellen Sie sich vor. Denken Sie nur. Bloß Himmel und Wolken, soll ich es zeichnen?

Karlina Piloti zeichnet einige Blätter, sagt Worte wie Luft und Wunder, Stolz und Schrecken.

Engel sind jetzt eine Rotte von Ungeheuern, welche von einem Gebirge stürzen, hinein in ein Paradies von Blumen.

Kreise werden gezeichnet, zu denen ausgiebige Erklärungen über Sonnenuhren gegeben werden. Segler, sagt die Piloti, steigen auf, schmiegen sich an Hügel, zerfetzen an den Spitzen der Pappeln.

Doktor Mazzolini schaut die Auffahrt hinunter auf den baumbestandenen Damm, auf die Allee zwischen Vandans und der Insel.

Beim Zeichnen von Campingzelten funkeln die Augen wütend.

Dann wieder ein sprudelnder Schub:

Ein Himmel, denken Sie sich, mit blassem Blau über einem Spaziergänger, einheitlich und tief und verschwenderisch in der Farbe. Jozef wäre begeistert gewesen. Hinein in die Sehnsucht brummt ein Flugzeug. Sie liegen auf dem Rücken in hellem Gras, den Mund schon voll feuchter Erde. Das Summen der Flügel durchschneidet die Luft. Und ich nehme das Rennen auf mit euch, meine Sterne.

Danach völlige Erschöpfung.

Patientin atmet heftig.

Längere Zeit ist kein Gespräch möglich.

Sobald die Ärztin vorsichtig neu ansetzen will, schneidet ihr die Piloti das Wort ab mit dem Satz: So lebte ich hin.

Sie sei am ersten Januar geboren und am zwanzigsten sei Lenz durchs Gebirg gegangen.

Kichernd: Chamisso habe die Siebenmeilenstiefel in Bayreuth erfunden. Um von dort wegzukommen.

Die Ärztin schreibt gewissenhaft mit.

Nachfragen bleiben unbeantwortet.

Autistisches Wippen.

Doktor Mazzolini will sich auf das Protokoll verlassen können.

Darauf hat sie stets Wert gelegt. Deshalb liebt sie Biographien. Sie denkt schnell an *Albatros*, blickt auf Karlina, die nickt und wippt. Ein sardischer Hirte, umgeben von einem steinigen Feld. Dann prahlt sie wieder mit Französischkenntnissen und haspelt unzusammenhängende

Schachtelsätze herunter, in die sie willkürlich und unsystematisch *le pauvre Holterling* einbaut.

Doktor Mazzolini überlegt, ob sie ein Tonband laufen lassen soll. Immer wieder liest sie neuere Literatur, Für und Wider der These vom edlen Simulanten leidenschaftlich bedenkend, wägend, doch keinem Menschen das Ergebnis mitteilend.

Damals in der Vorlesung: die Autenriethsche Maske.

Eine Maske gegen das Schreien, denkt sie schreibend, aus Schuhsohlenleder, mit festen Riemen und ledernen Bügeln, Schnallen und Ösen, welch eine Anstrengung, sie so zu entwickeln, mit Öffnungen für Augen und Nase, zusammengeschnallt über dem Scheitel, die Lippen von vorn gegeneinander drückend.

Und weil wir grad beim Jänner sind, meldet sich Karlina, ruckartig mit dem Zeigefinger auf Doktor Kudrun einstechend, wissen Sie, was am, sagen wir einmal, was am – 24. Jänner vor mehr als hundertfünfundzwanzig Jahren los war?

Für einen Augenblick empfindet die Ärztin Angst, eine Art Examensnot, aber das schreibt sie nicht auf, sondern nur, was Karlina sagt:

Ach, meine liebe Diotima: reden Sie mir nicht von der. Dreizehn Söhne hat sie mir geboren; der eine ist Papst, der andere ist Sultan, der dritte ist Kaiser von Rußland.

Wie ging das doch gleich weiter?

Ach, meine Diotima.

Ja, jetzt weiß ich's:

Ond wisset Se, wie's no ganga isch?

Närret isch se worde, närret, närret, närret.

Daraufhin bricht die Patientin in Schweiß aus und schweigt.

84

Schwester Angela trocknet das Gesicht. Zuerst der Piloti, danach reicht sie Doktor Mazzolini ein frisches Papiertuch.

Erinnerungen an das Studium in Tübingen.

Von Hölderlin erfährt die kleine Kudrun zuerst von ihrem Vater.

Die Ärztin fragt sich, ob es bei Karlina frühkindliche Störungen in der Beziehung zu wichtigen Kontaktpersonen gegeben haben mag. Sie überlegt die Situation im doublebind. Sie sagt dazu lieber Beziehungsfalle.

Wurde die Patientin in Kontrollen hineingezwungen, aus denen sie sich nicht lösen konnte?

Vermutungen seitens Schwester Angela.

Von Trennungserlebnissen und Lebenskrisen sei andeutungsweise doch schon die Rede gewesen.

Wohin mit den Zwischenbemerkungen über Klopfkäfer und Totenwurm, und daß man Kartoffel in Waage und Krebs einlegen müsse?

Wer spielt mit wem?

Karlina Piloti gehört jetzt zum Psychiatrischen Landeskrankenhaus. Die Insel. Lindisfarn. Eine kahle Insel, nur mit dem Klinikgebäude sowie dem Damm hinüber nach Vandans. Wozu diese topographische Sicherung? Um aus dem Krater herauszufinden? Doktor Kudrun Mazzolini hat nach solcher Anstrengung häufig das Gefühl, unverschuldet in einen Krater geraten zu sein, ein Gebirge vor sich zu haben, darauf vertrauend, mit der Hilfe von Schwester Angelas Schaufelhänden werde es gelingen, den Berg zu bezwingen, vielleicht sogar, in seltenen Fällen, ihn zu versetzen.

Jetzt ist es wieder so weit: dieser Berg muß versetzt werden. Darin erkennt die Ärztin ihre Aufgabe. Meine ist ähnlich: ich will einen Berg abtragen. Ich bin sicher, dabei meinen

Platz zu finden, die Stelle, von der aus ich Vergangenheit, Gegenwart und Zukunft überblicke. Deshalb genügt es nicht, nur den Hergang zu erzählen. Doktor Mazzolini schickt Schwester Angela hinaus. Diese geht, ohne beleidigt zu sein. Sie weiß: die Ärztin muß jetzt allein sein. Was sie nicht weiß, ist, daß die Mazzolini erschöpft am Schreibtisch steht, sich setzt, wieder aufsteht, ans Fenster tritt, mit weiten Augen hinaus auf den See sieht, als läge dort eine Antwort, im Zimmer auf und ab geht, sich vornimmt, beharrlich zu sein, gerade in diesem Fall beharrlich zu sein, nicht nachzulassen, dabei an einen alten Mann denkt, der einen Berg erklimmt, mit gleichmäßigen Schritten, keine Sekunde das Tempo steigernd oder verringernd: ob sie das auch kann?

Ob solche Erfahrung übertragbar ist?

Vielleicht sollte sie doch ein Tonbandgerät einsetzen. Sie hält nicht besonders viel von Medienzauber, verläßt sich lieber darauf, was sie mit eigenen Augen sieht und mit eigenen Ohren hört, vertraut ihrem schwarzen Notizbuch, an dem sie manchmal riecht. Ihr kommt vor, als verströmten die kleinen karierten Seiten den Duft von, was könnte das sein, was riecht so? Naphthalin. Lieber wäre ihr, das Büchlein hätte das Aroma des Sprühverbandes.

Erledigungen stehen an, Akteneinträge, Korrekturen; Anordnungen sind zu treffen. Der Tag vergeht schnell. Wie spät ist es?

Beim gemeinsamen Abendessen mit Doktor Mazzolini und Schwester Angela bietet Karlina Piloti der Schwester eines ihrer Wurstbrote an:

Ich sehe es genau – Sie haben nichts und ich habe zwei.

Ich gebe Ihnen ein Brot, und Frau Doktor vergißt die Manschette.

Welche Manschette?

Blutdruck, fügt Doktor Mazzolini ein.

Außerdem kann ich noch Krebse fangen. Fische sind auch noch da.

Der See ist voll von Fischen. Man muß nur die Eisdecke durchstoßen. Bei den Eskimos verhungert niemand.

Aber ich habe doch auch ein Brot. Sehen Sie? Es ist genügend da.

Und wenn Sie noch mehr Appetit haben, hole ich aus der Küche noch ein paar Scheiben. Sie können hier essen, soviel Sie wollen. Die Skorpionsbrüder kamen zu mir, weil sie wußten: bei der gibt es etwas zu futtern.

Wer sind die Skorpionsbrüder?

Verabschiedet, verweht, vorbei.

Ich habe sie alle vergessen. Auch sie haben mich vergessen.

Eine Postkarte reicht nicht aus für eine komplizierte Seele.

Haben Sie eine Postkarte geschrieben?

Ich – geschrieben? Ach was, bekommen!

Von wem?

Vom Häuptling.

Die Zeit geht schnell, der Ruhm verfliegt. Selbstverständlich gehörte ich am Anfang dazu. Ohne mich kein Anfang. Ich bin Teil von Alpha und Omega.

Sagen Sie uns nicht, wer Ihnen geschrieben hat?

Schwester Angela möchte gleichfalls wissen, von wem Sie eine Postkarte erhalten haben.

Ich habe mir selbst geschrieben.

Postkarten, sagen Sie?

Die gehören heute schon der Geschichte an.

Hatten die Postkarten etwas mit Ihrer Arbeit zu tun?

Ich werde nie in Marbach sterben.

Karlina Piloti ißt mit großem Appetit.

Schwester Angela freut sich, für sie noch einmal in die Küche gehen zu müssen.

Selbst bei Tisch legt die Ärztin das Notizbuch bereit. Darin ist auch das Murmeln erwähnt sowie der mehrmals wiederholte Ausdruck »Wurst im Auge«, auch, daß die Patientin dabei abwechselnd auf den Wurstaufschnitt auf dem Teller und auf ihr linkes Auge, welches sie geschlossen hält, zeigt.

Aus Brot knetet sie ein künstliches Gebiß.

Sorgfältig verfertigt sie Schneide- und Backenzähne, bildet einen Unterkiefer nach, die Ähnlichkeit ist frappierend.

Plötzlich und unerwartet schiebt sie das Gebilde in den Mund.

Die Ärztin fragt, zugleich notierend:

Was machen Sie da, Frau Piloti?

Mit dem Essen spielt man nicht. Schwester Angela bekommt einen strengen Gesichtsausdruck.

Das pflegte mein Vater auch stets zu sagen, ehe er zu Billi ging. Billi, mein Bärchen. Aber das sehen Sie doch, was ich mache.

Ich mache einen Mundschuh.

Einen Mundschuh?

Das ist ein Mundschuh.

Im Bericht der Ärztin ist zu lesen: Die Patientin ist bewußtseinsklar, aber völlig desorientiert. Sie macht einen körperlich verbrauchten Eindruck.

Der Bericht: das ist das offizielle Papier. Es hat wenig zu tun mit dem schwarzen Notizbüchlein, in dem auch andere Dinge stehen als Beobachtungen: Lesefrüchte zum Beispiel, Sätze, an denen sich Doktor Mazzolini begeistern kann.

Ich muß tüchtig essen. Wer leidet, muß essen. Leider wird

das Essen vielfach verachtet. Es gibt leibfeindliche Stehgeiger oder vegetarische Vortragsreisende. Wer Körper und Geist auseinanderdividiert, hat die Bedeutung des Essens nie kapiert. Der Reim ist beabsichtigt. Essen Sie doch, Ganghofer.

Ärztin und Krankenschwester lachen. Als Karlina bemerkt, wie sie damit ankommt, lacht sie ebenfalls. Die Ärztin notiert: *Die letzten Tage der Menschheit.*

In ihrem Bericht heißt es:

Die Augen sind lebhaft, und der Gesichtsausdruck ist differenziert. Die Patientin spricht mit dem Gesicht und mit den Händen.

Im schwarzen Büchlein steht: Beziehungen zum Theater nachprüfen. Das Gesicht der Patientin hat in solchen Augenblicken gemeinsamer Freude nichts mehr gemeinsam mit dem des Indios, der von einem Kinderarzt in die Klinik eingewiesen wurde.

Die Trauer der gebrochenen Augen ist verflogen. Lachfältchen sind erkennbar, Zeichen vorsichtiger Heiterkeit.

Ist die Trauer verflogen?

Das Benehmen der Patientin ist gewandt. Das fällt auch den Kollegen auf, die von Doktor Mazzolini beratend hinzugezogen werden. Der Name Piloti macht die Runde.

Die Mazzolini hat wieder eine Neue. Haben Sie sie schon gesehen? Was halten Sie von ihr? Hat der Fall wirklich etwas Besonderes? An der Piloti ist etwas dran. Wie steht der Chef zu der Sache? Weiß man schon, wer sie ist? Piloti, nie gehört. Ich habe da auch gerade einen Fall, was halten Sie davon, wenn einer . . .

Allen Ärzten auf der Insel, die Karlina Piloti, wenn auch nur kurz, in Augenschein nehmen, fällt das Ausdrucks- und Sprachvermögen auf. Weit über dem Durchschnitt, hört man auf dem Gang zwischen Tür und Angel kommentieren. Doktor Kudrun Mazzolini trägt es mit einer gewissen Genugtuung in die Krankengeschichte ein. Manchmal sind ihr die jungen Kollegen frisch von der Universität zu schnell bei der Hand mit ihren Diagnosen. Sie hat schließlich ihre Erfahrungen. Also bitte. Dennoch, steht im Krankenblatt, ist eine Unterhaltung mit der Patientin äußerst schwierig, gelegentlich unmöglich. Wann? – Das steht im schwarzen Buch.

Erinnerungen an den Vater der Ärztin, der Lehrer war.

Patientin ist leicht abzulenken und spricht an Fragen vorbei.

Negiert konkretes Nachfragen häufig.

Man muß sich auf die Assoziationen einlassen. Es ist wie das Schwimmen von Boje zu Boje. Nicht alles, was sie weiß, schreibt die Ärztin ins Krankenblatt.

Bilder sind oft ein Einstieg. Sie habe, erinnert sich die Ärztin, sich allerdings auch schon oft verstiegen. Einstieg und Seilschaft. Bilder aus dem Hochgebirge. Aus der extremen Kletterei.

Patientin hat offensichtlich Schwierigkeiten, Gesagtes zu behalten, fragt öfter nach.

Zweierseilschaft und Biwakschachtel.

Im Verlauf immer wieder versuchter Unterhaltungen ist eine kontinuierliche Diskursebene nicht zu halten. Patientin ist in ihrer Grundstimmung zufrieden, gelegentlich leicht euphorisch.

Vor den Augen: das Bild der mit den Ärmeln winkenden Karlina.

Sie spielt den Clown. Sie ist der Clown. Dabei fühlt sie sich wohl. Aber sie ist traurig, immer wieder traurig.

Ein Pierrot.

Gegenüber der Verwahrlosung, ist zu lesen, sowie der Unfähigkeit zur Angabe exakter Daten verhält sich Patientin vollkommen kritiklos. Das fällt auf.

Ins Seil fallen. Auf den Vordermann vertrauen. Ihm nachsteigen. Eine Wand durchsteigen.

Hält man ihr Lücken oder Widersprüche vor – das Kausalitätsprinzip, Schwester Angela –, so geht sie ohne jeden Affekt darüber hinweg, bestreitet ihre Insuffizienz, jedoch ohne jedweden Nachdruck. Das Ärztekollegium ist beim Stellen einer Diagnose vorsichtig. Doktor Mazzolini vermerkt es in ihrem Buch. In Klammern, wie heimlich, nennt sie die Zusammenfassung des Chefarztes: Unsicherheit. Ihre Fragen kreisen um den Verwirrtheitszustand mit organischen Zügen, um einen schizophrenen Defekt, um senilen Abbau, um ein organisches Syndrom noch unklarer Genese.

Man muß abwarten.

Von sich selbst überrascht, schreibt Doktor Kudrun: ich habe zu wenig Geduld.

Die Rauchsäule

Anderentags: winterlicher Rauch, wie er aus dem Schornstein eines verlassen liegenden Gehöfts aufsteigt. Weit oben kreisen ein paar Vögel. Die Luft steht. Mühelos gelingt, wie es nie wieder sein wird. Alles ist möglich und dies sogar schwebend. Bilder ferner Länder wachsen im Kopf, sturmumtost, wie ich es aus Büchern kenne. Ich bin wieder in jener Zeit, da der Tag noch überschüttet ist von flirrenden Geheimnissen, in der Kinder in einem Berg verschwinden, der in Feuerland liegt. Beim Mähen höre ich die Bauern sich zuflüstern, die Seehex' sei wieder im Land.

Ich tauche das Gesicht in ein wassergefülltes Becken auf der Marmorplatte eines Waschtischchens neben dem Bett. Der Teppich mit verwirrend orientalischem Muster ist an manchen Stellen kahlgetreten. Unter den nackten Füßen fühlt er sich rauh an und schmutzig. Das Zimmer riecht nach Büchern, alten Möbeln und geduldig ausgebrannten Feuern der Wintermonate.

Auf dem Tisch liegt der Wecker mit dem Zifferblatt nach unten und tickt. Wie spät es ist, kümmert mich nicht.

Nach dem Frühstück will Karlina wissen, wie ich überhaupt auf sie gestoßen bin.

Eine längere Geschichte, weiche ich aus.

Heraus damit. Sie läßt sich nicht davon abbringen, erkennt, daß ich grundlos verzögere.

Mich kennt doch keiner. Ich will es nicht anders.

Doch. Viele kennen dich. Du bist sogar sehr bekannt.

Bei einigen. Bei ganz wenigen. Viele können es wirklich nicht sein. Genug, um von dir zu erzählen.

Legenden, als wäre ich längst gestorben.

Wirbelnde Lichter kreisen in der Ferne, wo es schwarz wird

wie von einer Regenwand. Vorne durchs Fenster dringt blendendes Licht. Ich sehe den Rauch aufsteigen, also erzähle ich.

Ich decke meine Quellen auf, gebe meine Informationen preis. Was ich bislang von Karlina Piloti weiß, habe ich von meiner Base Maria, die ich manchmal nachmittags besuche, um mir bei einem Rotwein namens *Stierblut* endlose Geschichten anzuhören. Sie, die Tochter eines erblindeten Schwellenlegers und einer rassigen Kellnerin, hat drei Ehen hinter sich und ist viel herumgekommen. Sie spricht gerne von ihrer glorreichen Vergangenheit, die Stunden beschwörend, da sie als Armenhausprinzessin von zu Hause wegzieht: zuerst einmal in eine Hafenstadt, ans Meer. Maria springt zwischen den Jahren hin und her, sie hat eine eigene Zeitordnung. Am Tag des Einmarsches der Besatzer liegt sie wegen einer Unterleibsgeschichte im Krankenhaus. Sie habe, während ihr zweiter Mann Raketenbauer in Penemünde gewesen sei, einen SS-Mann kennengelernt, der sie mit dem Spruch »Mariellchen, zieh die Blechbux' an, die SS kommt« ohne viel Aufhebens genommen habe. Von den Folgen schweige sie. Davon ein andermal.

Eines Nachmittags erfahre ich, wie sie aus lauter Verwunderung über den Lärm der herannahenden Panzer sowie aus freudiger Erwartung aus dem Bett springt und ans Fenster tritt, um dem Einzug der Sieger zuzusehen. Ausdrücklich betont sie, dabei vollkommen nackt gewesen zu sein, nackt – mit einer Geste ihrem Körper huldigend.

Alles an ihr ist zu sehen. Darauf legt sie Wert.

Soldaten sehen zum Fenster hinauf. Die Frau winkt, hält den Soldaten für einen Offizier. Erst in diesem Augenblick bedeckt sie ihre Blöße. Und genau in dieser Sekunde biegt sie um die Ecke, höre ich Maria den Atem anhalten.

SIE. Die Marseillaise brüllend.

Karlina bricht in Gelächter aus.

Ich kann dir sagen, wie die Geschichte weitergeht.

Wer da um die Ecke schießt, *aux armes, citoyens!* das bin ich –
vollkommen wirr und wild.

Ihr Gesicht glänzt, strahlt Stolz und Freude aus. Das Zimmer ist ganz hell. Der Hund spitzt aufmerksam die Ohren.

Mit Höchstgeschwindigkeit rase ich mit meinem Motorrad
auf der falschen Straßenseite auf die Milchbärte zu. Ich hupe,
schreie, brülle, *formez vos bataillons!*

Ängstlich wie die Hühner stieben die Besatzer auseinander,
Kettenfahrzeuge werden in den Straßengraben gelenkt.

Dem amokfahrenden Motorradungeheuer bildet die fremde
Soldateska eine Gasse.

Ich jauchze vor Freude und Vergnügen. Ich japse und kann
mich gar nicht fassen. Ich baue Fehlzündungen ein, kehre
plötzlich um, die wilde Jagd beginnt von vorn. Noch einmal
durchrase ich den Trupp, um unverhofft hinter einer Ecke
zu verschwinden, sofort den Motor abzustellen und über-
raschende Stille herzustellen.

Bis die anderen begreifen, daß der Spuk zu Ende ist, bin ich
über alle Berge.

Mir gelingt, was ich mir vorgenommen habe: den Herren
einen unvergeßlichen Einmarsch in Thulsern zu bereiten.

Deine Base weiß das noch?

Vermutlich halten mich die Sieger für Douglas Fairbanks,
welcher als Freibeuter verkleidet auf sie zurast. Heute werden sie ihren Enkeln davon erzählen.

Wann ich geboren bin, werde ich gefragt.

Die Motorradfahrt ereignet sich drei Jahre vor meiner Geburt.

Dieser Abstand bedrücke sie, erleichtere aber auch das Vertrauen. Kuriere in der nächsten Generation zu haben, sei tröstlich. Auf diese Weise gehe weniger Wissen verloren, Harmonie durchwachse Stahl, eine Frage klebe an der nächsten, Befürchtungen seien von geringerem Bestand.

Was noch von Base Maria zu berichten sei?

Sie verehre den Verfasser des Buches *So macht man Dollars*.

Lebt sie noch immer im Siechenhaus? Dies liege doch in hochwassergefährdetem Gebiet, jenseits des Flusses, Hausnummer 433, außerhalb des Dorfes, vermutlich um das Einschleppen von Krankheiten zu verhindern. Vornehme Kutschen zögen daran vorbei.

Ich bestätige die Angaben, bin erstaunt über die genaue Ortskenntnis. Ob Karlina Piloti etwa gar meine Base Maria kennt, wage ich nicht zu fragen.

Ich sehe in ein verschmitztes Gesicht und rechne damit, wieder über den Balkon steigen zu müssen.

Das Ausgefragtwerden nimmt seinen Lauf, aber es verschafft auch Stolz, und Wohlbehagen gedeiht. Ich werde dabei zutraulicher. Der Schulweg wird erzählt, das Leiden unter den Lehrern, die Aufstiegsideale. Ich träume davon, Steinmetz zu werden, Steinmetz oder Eiszeitforscher, vergeude manche Nachmittage mit düsteren Racheplänen, verdinge mich als Lokalreporter. Gespräche darüber, wie man den Schlegel ansetzt, welcher Stein sich für welchen Plan eignet, wie Proportionen aufgeteilt werden sollen. Karlinas Überlegung: wichtig sei, die Idee gegen den Widerstand des Materials durchzusetzen. Zu dieser Zeit schlage ich aus einem Betonklotz, Relikt eines eingeebneten Soldatenfriedhofs, einen Kopf mit wulstigen Brauen, ein Auge etwas höher als das andere, die Nase gerade,

die Lippen breit, der Mund geöffnet wie ein Fischmaul.
Eine zähe Arbeit mit wenig Aussicht auf Fortschritt, unterbrochen durch die Geschichte von der Motorradfahrerin.

Du bist noch immer nicht mein Freund! Wie geht es weiter?

Es ist mir peinlich, von meinem Brief an Frau Piloti zu berichten:

Seegut Bannwaldsee.

Warum ich nicht anrufe? Weil ich mich nicht traue.

Der Brief werde ihr nachgesandt, sie sei zu dieser Zeit gerade in Goldstadt, von wo aus sie meinen Brief beantworte.

Der Brief gibt Auskunft über achtzehn Jahre meines Lebens.

Er endet mit einer Notiz über die Arbeit an dem Betonklotz, meinem eigenen Grabstein. Ein Foto liegt bei.

Habe ich dir nicht angemessen geantwortet?

Und wie: ein kurzer Brief auf blauem Notenpapier, mit grüner Tinte die Worte zwischen die Notenzeilen gesetzt.

Wie ich den Brief aufnehme? Hüpfend vor Freude.

Aufgeregt sehe ich mich den Brief öffnen, immer in Angst, das Kuvert zu verletzen und somit vielleicht auch den wertvollen Inhalt.

Ich lese den Brief laut und immer wieder. Meine Scheu schwindet. An diesem Tag lebe ich auf einer Wolke, ich bin sehr hoch oben und sehr weit weg.

Der Vormittag dehnt sich. Es ist ein rauchig dunstiger Tag.

Noch immer sitzen wir vor den leergetrunkenen Kaffeetassen, sammeln mit feuchten Fingerspitzen Kuchenbrösel. Karlina steht auf und geht zum Fenster, oder sie streichelt den Hund, der keinen Laut von sich gibt, nur in den Bewegungen sie nicht aus den Augen läßt.

Nicht immer wird gesprochen. Es gibt längere Momente des Schweigens. Dann sitzen wir da und schauen einander an.

Behutsam wächst das Vertrauen.

Den groben Schlägen auf Beton setzt Karlina ihre Bilder griechischer Terrakotten entgegen: aus ihrem Buch, welches sie ihrer Mutter widmet. Ich stecke Hiebe auf die große Plastik ein und lausche den Geschichten um die anmutigen Frauenfigürchen aus Tanagra. Sie erzählen in einer Sprache, die keiner Übersetzung bedarf: von dem, was mit den Toten und den Göttern zusammenhängt, aber auch mit den Lebenden.

Karlina kennt sie alle, die Wagenlenker und Handwerker, die spielenden Kinder und die Bauern, die Lebensmittel tragenden Frauen und die feingliedrigen Modedamen. Auch Schauspieler sind darunter sowie Akrobaten.

Über Verwendungszwecke der Terrakotten werde ich ebenso belehrt wie über deren Herstellung, Urformen und die Blütezeit Tanagras.

Hundert kunstvolle Fotografien ziehen an mir vorüber, doch dann muß ich das Buch wieder zurückgeben. Ich hätte es gerne besessen.

Karlina Piloti spannt einen Bogen, auf dessen einer Seite ihr Motorrad, auf der anderen die grazilen Bewegungen der Tänzerinnen stehen. Geschwindigkeit und Flug, Bewegung und Anmut, höre ich sie schwärmen.

Schon gelingt ihr, daß ich uns Hand in Hand die Straße hinunterrennen sehe. Wir fangen zu tanzen an, noch ehe wir zu Atem gekommen sind. Dazwischen wirbeln die begehrenswerten Namen fremder Städte und Länder. Ich begleite sie auf ihren Reisen durch die Kordilleren und sitze in einem glühenden Sommer mit ihr in einer Pergola bei Sodawasser und Kirschsaft.

Wenn sie erzählt, spannt sich ihr Körper wie ein schwirrender Draht. Sie spielt mit einer schwachen, unschlüssigen Stimme ebenso wie mit einem schrägen Blick aus den Augenwinkeln. Ihre Hände sind in steter Bewegung.

Den Winter liebt sie besonders, hakt den Daumen in die Gürtelschlaufe der Hose und plant eine lange gemeinsame Skitour. Die Route führt über Marul und Raggal, hinab nach Ludesch, bei Nüziders nach rechts, hinauf nach Damüls, wo wir beim Dolterer Quartier beziehen, mit Blick auf den Monte Prisu. Als Erste legen wir eine Spur in den frisch gefallenen Schnee, jagen den Wölkchen nach, die unser Atem vorausschickt.

In großer Höhe zieht über uns ein Flugzeug einen weißen Streifen in einen klaren blauen Winterhimmel. Schnurgerade.

Weiter geht es nach Matin, vorbei an der Madleiner Hütte, die Tschanglaabfahrt hinein, hinüber ins Latzfonser Tal, über Galaverde und Tschappina. Das Ziel heißt Gaschurn.

Karlinas Augen sind wäßrig grau, die Sprödigkeit ihrer Stimme gibt ihr eine überlegene Stärke. Blitzschnell kann sich dieses Gesicht verwandeln, wie jetzt, da sie aufsteht, in ein pralles Bücherregal greift, um die Vereinszeitung des Österreichischen Skivereins aus dem Jahre 1891 herauszuziehen. Das Exemplar stamme aus dem Antiquariat, die eingemerkte Stelle ist schnell aufgeschlagen und vorgelesen.

Die höchste Leistung des Skifahrers bestehe darin, daß er das Hochgebirge aufsuche. Die Abfahrt vollziehe sich so, daß sich der Skifahrer oben auf dem Hang zusammenkauere, sich fest auf den Stock zurücklehne und die Augen schließe. Dann sause er pfeilgeschwind hinab, so lange, bis ihm der Atem vergehe. Jetzt müsse er sich seitwärts in den Schnee werfen, warten, bis er wieder zu Atem komme, und dann wiederhole er das Sausen, bleibe erneut liegen, hole Atem, sause wieder und so fort, bis er ganz unten ankomme.

Karlina Piloti wirft den Kopf zurück und behauptet mit ungespieltem Stolz, die Mehrzahl der Gebildeten sei dabei unbeholfen und ängstlich. Sie wisse es von Mathias Zdarsky, einem Kunstmaler, auf einem Auge blind, dem eine Lawine sämtliche Knochen gebrochen habe.

Sie rühmt ihn als Tüftler und Erfinder eines Schubkarrens mit rechteckigen Rädern sowie als vorzüglichen Schwimmer noch in hohem Alter: als Turner und Ästhet ein Gegner hastiger und eckiger Bewegungen. Er erfindet den Zeltrucksack und richtet den ersten Torlauf der Skiweltgeschichte aus: vom Muckenkogel herab, auf einer 1950 Meter langen Strecke mit 488 Metern Höhenunterschied und 85 Toren. Bei naßmehligem Schnee gehen 24 Läufer das Wagnis ein. Am 19. März 19.. – eine Frau ist ebenfalls dabei! Wer wohl? Karlina Piloti erwähnt Zdarskys Vereinszeitschrift *Der Schnee,* weiß, daß er dem Militär als Lawinenforscher dient, bis er selbst unter eine Lawine gerät, daß er sich Ski aus Norwegen schicken läßt, diese mit 2,94 Metern jedoch zu lang sind. Der lockeren Rohrstaberl-Bindung setze er die Metallfederbindung entgegen, die Ski und Schuh zusammenhalte. Auf Gut Habernreith unterrichtet er die neue Kunst: Rekord sei ein Skikurs mit 1500 Teilnehmern.

Karlina verläßt den Raum, der Hund läuft hinter ihr her.

Gleich darauf kehrt sie mit einem Buch zurück, das sie nicht aus der Hand gibt. Sie zeigt die Fotos, verweist auf die akribisch genauen Anweisungen. Es handelt sich um die *Lilienfelder Skilauf-Technik,* erste Auflage 1897. Ein Satz ist angestrichen, sie liest ihn laut vor, ehe sie auf Schrägfahren, Bogen- und Kreis-, Schlangen- und Stemmschwung eingeht:

Der Fahrende müsse stets das Gefühl haben, daß der Oberkörper den ganzen Fahrer ziehe. Das Ideal sei das unbedingt sichere und sturzfreie Fahren, aber ohne jede unnütze Zeitvergeudung.

Dies gelte auch für das Motorradfahren. Sei schon das Skifahren dem Fliegen am nächsten, so treffe dies auf das Motorradfahren gleichfalls zu, auch wenn keine Besatzungsarmee in der Nähe sei. Schon stehen wir gemeinsam an einem Skilift, schnappen den Bügel mit dem Teller, ziehen an der Halterung und klemmen den Teller zwischen die Oberschenkel. Es ruckt leicht, und wir sind unterwegs, hinauf in die luftige Höhe. Wir beginnen zu singen, sobald das Zugseil des Skiliftes leicht über die Rollen an den Masten gleitet. Es holpert ein wenig. Dabei drehen wir uns um und sehen hinaus ins Tal. Unsere Übersicht wächst. An einem Wasserfall vorbeifahrend, der mitten im Sturz eingefroren ist, bewundern wir die Eiszapfen, welche wie gläserne Tüten zu Boden splittern würden, sobald einer von uns mit dem Stock dagegenschlüge. Weiter zieht uns der Lift in ein schattiges Gebiet. Kurz vor der Bergstation bereiten wir den Ausstieg vor, konzentrieren uns darauf, den Teller rechtzeitig zwischen den Beinen hervorzuziehen und an der Federung nach vorne hochschnellen zu lassen.

Mit wenigen Stockschüben stoßen wir uns ab. Ich habe die grüne Tinte auf dem blauen Notenpapier vor Augen, die fünf enggezogenen Zeilen flimmern. Rasch bekommen wir

Fahrt, ziehen jodelnd und jauchzend die ersten Schwünge in den Pulverschnee, setzen einen sauberen Bogen an den nächsten, so daß von unten aus gesehen ein Zopfmuster entsteht. Dazwischen lassen wir die Ski laufen, singen dazu, brummen und glucksen, trällern und dudeln, kommentieren auch kleinere Bodenunebenheiten oder geringfügige Fahrfehler.

Die Überwindung vom Widerständen durch Gleiten und Schwingen, eingebettet in den aufstiebenden Schnee, getragen von kontrolliertem Tempo sowie dem gleichmäßigen Rhythmus des Hin- und Herkurvens in runden Bögen. Eingestreut wie ein Gewürz: Doppelstockschübe oder Schlittschuhschritte. Die Strecke: leuchtendes Dezembergold. Karlina hält es nicht mehr im Sessel, sie geht im Zimmer auf und ab, gestikuliert, erklärt, erhöht unser Fieber. Wir fahren weiter, und ich sehe ihren Kopf nach Schildkrötenart zwischen zusammengezogenen Schultern verschwinden. Das Gesicht ist, sei es vom Schnee, sei es vom Erzählen, weiß emailliert.

So müßte es immer sein: im ersten Steilstück ein paar Wedelschwünge bremsend einlegen, sogar ein wenig mit Innenschulter fahren, den falschen Ski belastend, dann wieder den Bergski bei jeder Kurve an der Ferse leicht anheben und umsteigen – nach Art des Dumeng Pietrogiovanna. Ich sehe Karlina die nächsten Kurven ohne Hüftknick anpeilen, präzise den Stock einsetzen, durch einen in dieser Sekunde imaginär von mir ausgeflaggten Riesentorlauf segeln und gemächlich Geschwindigkeit pumpen. Vielleicht werden die folgenden Schwünge ein wenig eckig geraten, denn sie dreht sich leicht um, ruft mir etwas zu, was ich zuerst nicht verstehe. Zwei Sorten Eis gebe es, höre ich, eine Entdeckung, die mehr als 350 Jahre alt sei. Bei besonderen Wetterlagen habe man immer wieder beobachtet, daß Sonne und Mond in bestimmten Winkelabständen von bis zu acht leuchtenden Kreisen umgeben seien. Sieben dieser sogenannten Halos habe man als Lichtbrechungen an Eiskristallen gedeutet. Den oberen Teil der Einfahrt in den Steilhang nehme ich lässig und flach, aber dann hole ich weit aus, lasse mir dabei Zeit, hinter Karlina herfahrend, die gesamte Hangbreite auszukosten, locker im Kniegelenk zu bleiben, ohne Belastung der Oberschenkelmuskulatur, federnd die langgezogene Steilflanke meisternd, links und rechts hinter mir kleine Schneewirbel herziehend wie um die Ferse geschwungene Seidentücher. Doch der im Jahre 1629 von dem bayerischen Astronomen Christoph Schreiner erstmals beobachtete achte Ring, heißt der Zuruf, habe bislang keine befriedigende Erklärung gefunden. Erneut sehe ich das sich verändernde Gesicht der mir gegenübersitzenden Frau: Haut, verdorrt wie ein trockenes Blatt, in die schnelle lächelnde Bewegung kommt, welche die Fältchen in Aufruhr versetzt. Die Schwingungen von Licht und Schatten gehen zwischen uns hin und her. Mit einer zierlichen Gebärde berührt ein Finger leicht ihren Mund, und schon rasen wir weiter. Gleichmäßig ziehe ich ab, nehme Kehre für Kehre, während unten im Dunst der Abendsonne, die sich noch einmal an den steilen, tiefverschneiten Gegenhängen bricht, bunte Punkte um die Talstation des Skiliftes wie Lämpchen auf einem Jahrmarkt wimmeln. Karlina fährt ihre weiten, eleganten Bögen, schwingt dazwischen ab und zu ganz kurz: ihr Ehrgeiz heiße Stilistik, nicht Bolzerei, wie sie versichert. Ohne im diffus werdenden Licht auch nur eine Bodenwelle zu übersehen, lassen wir uns, davon erzählend, hinaustragen, bleiben locker in den Hüften, gehen weder in zu extreme Vorlage noch in die Hocke wie beim Rennen, sondern

nützen, im Hohlweg leicht pendelnd, Hang und Gegen-
hang, riskieren keine unnötig wagemutigen Sprünge, sondern warten, bis es uns wie von selbst von einem Bogen in
den nächsten hineinträgt. Eine wissenschaftliche Zeitschrift,
die Nummer liege im anderen Raum, habe berichtet, daß
Wassertröpfchen, die beim Gefrieren eine oktaedrische Kri-
stallstruktur bildeten, eine Lichtbrechung hervorriefen, die
mit den gemessenen Winkeln übereinstimmte. Man habe
beobachtet, daß dieses Eis nur bei extrem niedrigen Tempe-
raturen unter minus 40 Grad auftrete und überdies rasch in
die bekannte Form der Kristalle übergehe. Aus dem kon-
trollierten Tempo gewinne ich einen elastischen Rhythmus
und werde dabei immer kühner, doch nicht leichtsinniger,
fasse mehr und mehr Zutrauen, während ich mich von einer
Bodenwelle auf die nächste katapultiere, die Vorteile der
Buckelpiste nützend und sorgfältig darauf achtend, nicht zu
tief in den schwer berechenbaren Neuschnee am Rande der
Piste hinauszuschwingen. Den Rechtsschwung in die
Kehre, die links nicht ohne Sturz zu nehmen ist, wie nur
Kenner der Strecke wissen, werden wir wieder steil ansetzen, lässig über den oberen Südbogen schlenkern und vor
der Kompression noch einmal schräg einfahren, weil es uns
sonst bei dem an dieser Stelle zu erwartenden Tempo un-
weigerlich in die Tannenschonung hinaustragen würde. Die
Lebensdauer der oktaedrischen Kristalle scheine, so fasse es
der Artikel, stark von ihrer gegenseitigen Entfernung abzu-
hängen, was unmittelbar einleuchte. In der dünnen Atmo-
sphäre könnten die in der Natur sonst unbekannten Eispar-
tikel lange genug leben, um den beobachteten Halo zu erzeugen. Spielend stehe ich den Druck auf die Schenkel
durch, gleite dahin, obwohl ich in der folgenden Passage auf
der Hut sein muß, wie mir Karlina vorausfahrend zuruft,

weil in hartem Winkel die leicht gewellte Zunge des von hier
aus schier endlos scheinenden Zielhanges ihren Anfang
nimmt. Die Wanne selbst ist einfach, aber schnell zu durch-
fahren. Hier empfiehlt sich für ein knappes Stück die Ab-
fahrtshocke mit den eng an den eiförmig zusammengezogenen Körper gelegten Skistöcken. Danach heißt es, die Ski
leicht auslaufen zu lassen, sacht abzuschwingen und eine
neue Kurve anzudeuten, damit sich das Tempo wieder ver-
ringert und wir in die Kehre bei den Wiesheustädeln einfä-
deln können. So schweben wir dahin, ducken uns in eine
ausgefahrene Schleife, halten mit den Armen mühelos die
Balance und tauchen zwischen den Bäumen hindurch, lassen
dabei die Ski stärker laufen, achten jedoch darauf, daß wir
die Spur nicht verreißen, ehe wir in eine Serie von Wedel-
schwüngen überleiten. Ich sehe die Vögel weit oben kreisen,
ich rieche den aus dem einsamen Gehöft kerzengerade aufsteigenden Winterrauch. Spielerisch Schwung an Schwung
setzend, Wende für Wende beschreibend. Es entsteht eine
sanfte Melodie im Kopf, ein Taumel, leicht wie der einer
Schneeflocke, der alle Strapazen vergessen läßt. Mir ist, als
verhärte ein starres Lächeln das mir entgegenleuchtende Gesicht Karlinas, die aufgestanden ist und am Fenster steht,
hinaussieht mit weiten Augen, die sich öffnen und wieder
schließen. Ganz deutlich sehe ich: in unbeobachteten Mo-
menten verwandelt sich das Gesicht. Es wird lebhaft, unruhig. Ihr Haar ist wie vom Wind bewegtes Gras. Klare Augen
betrachten mich abwägend. Sie streicht eine Haarsträhne aus
der Stirn. In ihren Augen tanzen wieder Lichter. Ich fahre
dem Ziel entgegen, hinunter ins Tal, mir wird, als säße ich
auf einer Schaukel, schwebend, fliegend, segelnd, voll
Übermut und leichtfertigem Genuß, aber ohne Bedenken,
als ginge jede Sekunde durch mich hindurch, als fiele ab,

was drückt und demütigt. Und plötzlich wird der ganze Berg in Flutlicht getaucht, ein Lichtkegel erfaßt uns wie zwei Hochseilartisten, zeichnet exakt die weiten samtenen Schwünge nach, sieht uns der Station entgegengleiten, zeigt den vom Sonnenuntergang glühend gefärbten Pulverschnee bei jeder Drehung leicht aufstauben, während ich mir in meiner Glückseligkeit vorstelle, wie sie drunten unsere makellose Fahrt durch Ferngläser atemlos bewundern.

Die weitläufigen Umrisse des Campingplatzes kommen in Sicht. Mit steifen Schwingen stehen die Vögel über der steilen Rauchsäule in der Ferne. Ein lautloser Schuß zerreißt das Bild, die Flügel schlagen verzweifelt, die Schatten streifen die Tannen, flattern über den Wipfeln, das Gefieder explodiert, und sacht segelt der Flaum zur Erde nieder.

Kolumbianische Symphonie

Die Ärztin hat Spätdienst. Sie bedauert, wegen der Lektüre trockener Gerichtsakten für Gutachten kaum zum Lesen zu kommen. Sie sitzt in ihrem Arbeitszimmer über Papieren, betreibt Verwaltungsarbeit, die sie nicht ausstehen kann. Sie arbeitet nicht, sie erledigt.

Es klopft. Schon steht Karlina unter der Türe, tränenüberströmt, lächelnd, die viel zu großen Ärmel baumeln hilflos.

Sie sei soeben heftig geweckt worden.

Von wem?

Sofort bittet die Ärztin die Patientin auf die Liege, greift nach dem Stenoblock, aber ihre Hand hat Zeit, über das verschwitzte Gesicht zu streifen. Was mitgeschrieben wird, ist die morgige Arbeit der Büroangestellten. Die Reinschrift werde ich nach mehr als zehn Jahren lesen.

Maria Sabina hat mich im Traum geweckt. Ist mir erschienen. Nein, nicht erschienen. Das ist zu katholisch formuliert. Maria Sabina ist einfach da.

Wer ist Maria Sabina?

Die Frau der heiligen Pilze. Geliebt von allen Hippies. Eine Maztekin, eine chotá-a-tchinée. Das heißt: eine Weise, bei uns sind es meist Greise, aus Huautla de Jiminez. In den südlichen Bergen Mexikos.

Woher sie all diese Namen kennt?

Was will sie, diese Maria Sabina?

Eine Ziegenhirtin, ohne jedwede Bildung.

Was ist mit ihr?

Zwei Ehen, die erste mit 14. Von neun Kindern überleben nur drei.

Aber sie hat Ehrfurcht vor Pilzen.

Warum?

Sie ist eine Tochter der niños santos: der heiligen Kinder.

Die Namen der Pilze darf man nicht einmal denken. Für hiesige Verhältnisse unvorstellbar.

Und was hat diese Frau mit Ihnen zu tun, Frau Piloti?

Der Wind spricht zu ihr. Und Benito Juarez. Er soll ihr, wie es heißt, mehrfach erschienen sein. Mexiko ist ein katholisches Land. Maria Sabina heilt die Menschen singend.

Wollen Sie von Maria Sabina geheilt werden?

Ihre Schwester bin ich nicht und ich habe nicht diese Kraft zum Spiel. Die Ärztin schreibt auf, daß Karlina Piloti daraufhin guten Mutes wieder in ihr Bett zurückkehrt.

Sie wird nie mehr von Maria Sabina sprechen.

Wieder einmal ist Doktor Mazzolini unsicher. Hat sie es richtig gemacht? Genügt der europäische Standpunkt des Mitschreibens? Ein vortreffliches Mittel, sich auszudrücken? Manchmal so sanft wie bei einem Naturschwamm, manchmal wieder so intim befriedigend wie bei einem Mitesser – oder ärgerlich, mit Anstrengung auf den letzten Rest hoffend wie bei einer Tube Zahnpasta. Sich nicht über die Sprünge zu wundern, auch darauf komme es an: auf die planvolle Unordnung, jene Freisetzung von Rede, die mehr ist als nur private Schreibübung. Weniger auf die offiziell verordnete, intellektuell-vertraulich regulierte Sprachmaskerade der Wissenschaften. Im Ziel bescheiden, aber auf dem Weg bereit zum generösen Rundumblick. Hinweg über die Scheuklappen, mit denen zwar keine Blickrichtung ausgeschlossen ist, stets jedoch nur das eine ohne das andere wahrgenommen werden kann.

Bei den Indianern gebe es, wie bei den Eskimos, keine Irrenhäuser, soll Karlina Piloti geflüstert haben, ehe sie unter die Decke gekrochen sei. In ihrem Zimmer geht das Gespräch weiter.

Ich habe das Popol Vuh, das große Buch der Quiché-Mayas gelesen, betont sie mit erhobenem Zeigefinger.

Die Lenape-Algonkin am Rande Kanadas vertrauen der Vorstellung von einer vierzipfeligen Erde, und der Himmel darüber ist ein Gewölbe. Denken Sie nur: ein Gewölbe. Ohne Hängegerüst. Aber an einen Manitu glauben sie trotzdem nicht.

Sie habe, während ihres Lateinamerika-Aufenthaltes, die Bedeutung von Wasser-, Quellen- und Wolkensymbolen erforscht. Auch viele solcher Symbole fotografiert.

Aufzeichnen sei eine Pflicht, eine Anstrengung im Sinne der Dauer. Aufbewahrtes Gedächtnis, auf daß nichts verlorengehe, sondern wiedergefunden werde.

Über Vogel- und Federschlange habe sie lange nachgedacht.

Das Schlangenwesen im Maya-Codex verlange Erfindungsgabe, wie das Mitschreiben: der Regengott sei zugleich der Gott der Vorräte. Der Herr des Heilens nenne sich wie der des Nachthimmels. Außerdem habe sie zahlreiche Logogramme gezeichnet. Und diese dann wie Gedichte übersetzt.

Karlina Piloti: eine Dichterin?

Spricht sie von Gedichten? Gedichte in der Klinik?

Vorerst weicht sie aus. Sie steht am Fenster und sagt:

Der Schnee fällt wie im Kino. Ihr Blick ist dabei so starr, als könnte man durch ihn hindurchsteigen.

Rückhaltlos bekennt sie sich zum Aberglauben, bringt die Rede auf Tierkreiszeichen und Mondkonstellation. Eine falsche Fährte, die sie der Ärztin legen will?

Karlina Piloti spricht lange vom Schragl, welches sich durch ein stetig langsamer werdendes Ticken ankündige, einer Taschenuhr vergleichbar. Es geht in leisem Ton, fast flüsternd, über die Bedeutung der Totenuhr im Stubengetäfel: Schragl oder Schrattl, dem lettischen Schrat verwandt, auch Klopfkäfer oder Totenwurm, womit in Latzfons, einem verschwiegenen Seitental, sogar ein Mensch mit verfilztem Haar bezeichnet werde.

Später schlägt die Ärztin nach. Sie findet althochdeutsch *scrato*, mittelhochdeutsch *schrate*, *schrawaz* oder *schraz* mit der Bedeutung von Kobold oder Alpdämon. Nichts Beunruhigendes, zumal man sich unter Schratt oder Schrattel ein zottelig-heimeliges Wesen vorstelle, das Pferde in Schweiß reite und ihnen, aus lauter Schabernack, unauflösbare Schratteleszöpfe in die Schwanzhaare flechte. Mit der nächtlichen Atemnot, wie häufig fälschlich unterstellt, jedoch habe dies nichts zu tun. Deren Ursache sei das kropferregende Quellwasser. Dagegen helfe ein ausgefallener Milchzahn hinter dem Ofen. Der Hausschragl entspringe dem Ei eines siebenjährigen Gockels, welcher sofort danach den Armen Seelen geopfert werden müsse, damit diese aus dem Fegfeuer erlöst würden.

Karlina Piloti beschwört die zitternden Sonnenstrahlen im Thulserner Spätherbst, wenn sich das Vogelbeerlaub rot färbt. Im trunkenen Gaukeln der Marulljenfalter könne man lesen, an welchem Ende des Regenbogens das Hufeisen dreimal in die Luft zu werfen sei. Schmetterlinge seien nichts als verkleidete Elfen, die Rahm und Butter stehlen, weswegen anderenorts von *Butterflies* die Rede sei.

Die Ärztin glaubt, damit wieder Boden unter den Füßen zu haben. Karlina jedoch beginnt, über die Unterschiede von zunehmendem, abnehmendem und untergehendem Mond zu schwadronieren, gebraucht Begriffe wie Erdnähe und

Erdferne, meint, Oberwasser zu haben. Doch Kudrun Mazzolini erinnert sich an ihre Großeltern und verwendet deren Wissen:

Nie ließ mein Großvater den Kamin kehren, wenn der Kaminkehrer im falschen Zeichen kam. Und meine Großmutter machte niemals im Wassermann ihr Kraut ein, weil es wäßrig geworden wäre – eher noch im Steinbock, aber das hatte den Nachteil, daß man das Kraut nicht mehr versieden konnte.

Sofort geht die Piloti auf das Spiel ein.

Bäume schneiden im abnehmenden Mond, pelzen oder impfen im Neumond.

Soviel Tage nach Neumond gepelzt worden ist, soviel Jahre nachher tragen die Bäume Frucht.

Der beste Tag, um die Betten mit frischen Federn zu füllen?

Der erste Tag im Vollmond.

Sie gispeln weiter.

Zwiebel stupfen in Skorpion oder Krebs.

Während der Rauhnächte keine Wäsche aufhängen, sonst stirbt einer im kommenden Jahr.

Unkraut jäten bei abnehmendem Mond.

Kartoffeln in Krebs oder Waage einlegen.

Werkholz von Johanni bis Lucia im abnehmenden Mond fällen, Brennholz dagegen im zunehmenden Mond.

Blumen pflanzen in der Waage, gefüllte im Neumond, Umpflanzen im Vollmond; dritter Tag nach Neumond ist der günstigste, Fensterpflanzen bei untergehendem Mond oder in der Jungfrau umsetzen.

Wenn der Mond zwei bis fünf Tage alt ist.

Karlina beherrscht das Spiel um die Gestirne: immer schneller sprudelt sie es heraus – Merkur und Jupiter, Uranus und Saturn, Neptun, Pluto, Mars und Venus, wechselt hinüber zu den Tierkreiszeichen, sagt der Ärztin die Jungfrau auf den schamroten Kopf zu, brilliert mit Konstellationen, spricht von Konjunktionen, von Opposition, Quadratur, Trigon, Sextil, Perihel, Aphel, Elongation, Perigäum und Apogäum. Nein: die Bedeutung solcher Zauberworte gebe sie nicht preis. Wohl aber die Namen zweier Freundinnen in Lateinamerika. Wieder ist sie bei Lateinamerika, einer riesigen Landkarte aus Erfahrungen und aus Erlesenem, von Wünschen, Entsetzen, Trauer, Leidenschaften, Begriffen und Anklagen, stets Bescheidenheit von uns fordernd.

Karlina Piloti und Doktor Kudrun Mazzolini: ein Podium mit zwei eleganten Frauen. Dazwischen die Beschwörung: zwei andere Frauen, die Freundinnen, aus Mexiko und Peru, geschminkt, kurz vorher beim Friseur gewesen, im Vollbesitz aller notwendigen Gestik und Mimik einer vollendeten Präsentation auf der Bühne. Daneben die Europäerinnen: der verkörperte Gegensatz.

Zehn Jahre später schreibt mir ein Freund von der Begegnung mit den beiden Frauen aus Lateinamerika. Die Zeiten verschmelzen, fließen ineinander wie warmes Wachs. Da ist die Rede von einer Verwandlung, die mit dem haushält, was ihr zur Verfügung steht: die Annahme der Frauenrolle und ihrer Politisierung, die Verbindung von Alltag und Vision, welche eine Kraft ausstrahlt, die in die eigene Ohnmacht einfährt, ohne jedwede zerstörende Reflexion. Körperlichkeit, von der Liebesbeziehung bis zum blutigen Akt des Widerstands.

In der Klinik aber: eine flinke, hutzelige Frau mit lederner Gesichtshaut, Eskimo oder Indio oder beides, in einem schlapprigen Pyjama am Fenster stehend, an einem blanken

Tisch hockend, umsorgt von Kudrun Mazzolini, mit krat-
zender Feder Seite um Seite beschreibend.

Auch nach weiteren Tagen ist Karlina Pilotis Verhalten unverändert. Ihre Grundstimmung ist euphorisch, sie ist vollkommen desorientiert und spricht in halbfertigen Sätzen
von Lawinen und von Vereisung, die von den Bergen her-
untertreibe, von Gletscherzungen, blau, grau und sandig
sich ins Land streckend.

Sie selbst hält sich für vollkommen gesund und gibt an,
Fotografin zu sein.

Wenige Tage später jedoch triumphiert Doktor Kudrun
Mazzolini, denn sie ist, wie sie glaubt, einen großen Schritt
vorangekommen. Sie betritt mit einem Buch in der Hand
Karlinas Zimmer, begleitet von Schwester Angela. Das
Buch ist neutral eingebunden.

Die Piloti zeigt keinerlei Neugierde, ihre Augen bleiben
stumpf.

Die Ärztin schlägt das Buch auf, blättert, sucht eine be-
stimmte Seite und beginnt mit fester Stimme zu lesen. Da ist
die Geschichte von einem getöteten Drachen, der ein Lied
anstimmt, auch von Vögeln, die aus dem geöffneten Mund
einer steinernen Statue schlüpfen. Die Ärztin wundert sich
während des Lesens über die sonderbaren Bilder: an Ruder-
bänken blasse Zeichen, schon vor der Geburt zur Sanduhr
nach Innen geworfen, durch das bewährte Lied Mantik,
Semantik, erwarten, daß Odysseus endlich spricht. – Wer
tritt aus seinem Schatten? Die Pantomime zum anderen
Ursprung, überdeckt von Alabaster bei sinniger Funkstille,
mit Luft gemalt auf der Reibfläche Augen. – Worte, die ihre
taube Fracht drehen im Licht, immer wieder. Später geht
es um eine Gratwanderung mit Autolykos als Gefährte,
der einsilbig in seinem alten Paß blättert. Alles unter der

Überschrift *Terrakotta*. Karlina sagt nur: Das ist aber reizend.

Doktor Mazzolini jedoch ist beharrlich. Sie bittet noch einmal Karlina um ihren Namen.

Sie antwortet: Faruk Daimler.

Die Ärztin notiert dies und liest erneut aus dem Buch vor.

Diesmal wählt sie eine Stelle, in der es um Namen geht. Du mußt doch nach irgendeinem heißen, liest sie. Heißt du nach vielen oder nach niemand? Persona, so nennt man das Spiel *Alsob,* zwischen schon nicht mehr und immer noch, wenn es darauf ankommt, für einen Freibrief jemand über die Klinge springen zu lassen. Dann wird das Niemand zurückgenommen. Warum denn nicht im Ernstfall bei einem Wünschelrutengänger in die Schule gehen, den Schminktisch säubern und die Klinken putzen, lachend, überfahren von der Angst im Schlepptau. Untätige Reue beinahe. Oder zwischen Coca und Zölibat bei zunehmendem Mond besagte Silberlinge in die Waagschale werfen. Und dann sag mir noch einer, liest die Ärztin, beim Veitstanz gehe der Heiligenschein stiften. Pflicht ist, auch wenn anders verordnet, mehrmals täglich die Morgenluft abzuklopfen, mit einem Papiermond, auf vorbereitete Gesänge. Erst dann, steht in dem Buch, könne man jenseits von Atem und Namen den Star stechen.

Da lächelt Karlina und flüstert der Ärztin ins Ohr:

Das kenne ich alles. Gehört zu meiner Septemberphase. Kepada kakanda. So lautete das magische Motto. Ich schrieb es, um im Alter etwas zum Lesen zu haben.

Wo haben Sie dieses Buch her? Ich erinnere mich an mehrere Phasen mit wenigstens vierundsechzig Inschriften und etlichen Fotos. Mythische Schlange und Eulendämon,

Puppe, Vasenkopf und Lamahirte, geheimnisvolle Zeichen, die gottlob nicht jeder auf Anhieb versteht. Dabei ist es ziemlich einfach. Hierzulande sagt man Rumpelstilzchen dazu.

Jetzt wissen Sie also auch, daß ich die Kolumbianische Symphonie komponiert habe.

Ja, sagt Kudrun Mazzolini und liest weiter laut vor:

Die Aztekenprinzessin besinnt sich auf die Verächtlichmachung ihres Namens. Warum besitzen die Eroberer die Kräfte von Neugeborenen, indes die Hände der scheuen Urbevölkerung im Dämmern liegen? Im Inneren des Regens gibt es eine trockene Stelle. Manchmal, wenn sie gerade ihren fulminanten Rosenkranzkummer ausbügeln, bei Papiermangel und Nachtprogramm, ziehe ich mit einer Spieluhr durchs Blaue, streife durch gefrorenen Staub. Mit einem Sextant bestimme ich meine Runden, die Münze bereit unter der Zunge. Köstlich das Echo. Kudrun Mazzolini unterbricht, sieht auf und wendet sich direkt an Karlina Piloti: Ich habe Sie doch nach Ihrem Namen gefragt! Wie bei einem Todesfall, murmelt Karlina und fragt:

Ist jemand gestorben? Oder war ich es schon? Vielleicht öfter?

Nach einer Pause spricht sie mit größer Anstrengung:

Wie schnell erholt sich das Schlachtvieh?

Warum legen die im Sand Verunglückten Wert auf Ordnung?

Wollen sie abtransportiert werden?

Und das Gesicht rannte aus der Gestalt.

Somit wurde die versteinerte Zeit gegründet. Die bleierne Zeit heißt es bei Hölderlin. So lauten die Schädelnamen der Ahnen.

Die Ärztin versucht mitzuschreiben, vielleicht kann sie die Worte in dem Buch verifizieren.

Nach ihrem Wortschwall bricht Karlina zusammen. Sie hat keine Kraft mehr. Das Gespräch muß abgebrochen werden. Die Ärztin ist deprimiert. Sie geht auf ihr Zimmer und wischt sich den Schweiß von der Stirn. Später betrachtet sie lange die Fotos in dem Buch: Aufnahmen präkolumbianischer Kunst und der Inka-Kultur.

Plötzlich begreift sie den Hochmut der Europäer.

Gegen ihre sonstige Gewohnheit liest sie den Waschzettel des Buches, setzt sich mit Aussagen auseinander, denen sie sonst mißtraut, hofft sogar, darin etwas zu finden, was ihr weiterhilft: *Über Stil und Faszination hinaus*, steht dort, *werben diese Zeilen für ein Dasein, wie es sein könnte. Darum sind sie unerbittlich. Sie nehmen die Spur auf wie das Tier die Fährte, und sie tarnen sich aus Scheu mit Sarkasmen.* Es ist die Spur der Zukunft, welche die Gegenwart als vorbei und verbraucht zurückläßt.

Was ist wichtiger: Fotos oder Worte, die sie nicht ganz versteht? *Albatros* ist ihr näher: Biographien, ausgiebige Geschichten wie abschweifende Erzählungen, Übersicht über ein abgeschlossenes Leben, wo sich eins zum anderen fügt, um am Ende zu stimmen.

Wo hier anfangen, wo aufhören?

Die Buchhandlung schickt ein vollständiges Verzeichnis. Kudrun Mazzolini studiert die Bibliographie von Karlina Piloti: all das soll diese Frau geschrieben haben? *Maskenwelt. Gesichter des Mittelalters. Köpfe gotischer Statuen. Griechische Terrakotten. Deshalb Terrakotta? Kathedralen und Dome. Schimären und Fratzen. Groteske Skulpturen. Griechische Vasenmalerei. Primitive Masken. Instrumente Lateinamerikas.*

Doktor Mazzolini ist ob der Vielzahl der Bildbände, der Fotografien sowie der Textbeiträge sprachlos. Was soll sie dazu sagen?

Ist das ihre Patientin?

Gibt es diese Bücher noch?

Wer liest sie? Denkt der Leser jemals an die Verfasserin? Oder dämmern die Bände in staubigen Instituten? Lassen sie die Würfel der Logik kühn springen?

Das Ergebnis weiterer Recherchen, Auskünfte von in Frage kommenden anderen Kliniken des Landes: von Anfallsleiden oder Aufenthalten in einer Nervenklinik ist nichts bekannt.

Soll sie die Aussagen in den Büchern mit dem Krankheitsbild verzahnen und interpretieren? Oder ist Interpretation, wie Kudrun Mazzolini einmal gelesen hat, die *Rache des Intellekts an der Kunst*? Ist in einem solchen Fall nicht doppelte Vorsicht geboten? Das Geschwätz von Genie und Wahnsinn, die kurzgeschlossenen schnellen Lösungen. Der Zufall spielt der Ärztin einen weiteren Fund in die Hände: einen Almanach der Skorpionsbrüder, der Aufschluß gibt über die Zusammenkünfte. Hätte die Ärztin Verbindung mit Bansin gehabt: er hätte ihr alles erklären können. So heftet sie nur ab, was im Almanach steht. Sie nimmt zu den Akten, was Karlina Piloti beim sechsten Treffen vorgelesen hat.

Ein Vergleich mit den eigenen Aufzeichnungen ergibt gewisse Übereinstimmungen. Erklärungen sind denkbar, erscheinen möglich, eröffnen gewisse Wahrscheinlichkeiten, jedoch keinesfalls Sicherheit. Mit Objektivität haben die Vermutungen nichts zu tun. *Kolumbianische Symphonie* ist unter den vorgelesenen Texten. An erster Stelle steht wort

vermessen dehnt sich
die träne in der weite
schattengetränkter reue
verstummte lichtvögel
durchmessen das wort

gefolgt von

sternbild

landende dunkelheit
sammelt verebbte seide
in schweigenden sternbildern
ist jeder atemzug
ein versäumnis

und

hafenmosaik

graphische gischt
furche an furche
legt im dunst
das mosaik trauernder
strandlichter
gebete verkrusten im
mundstück der flöte

sowie von

flugsand

vögel
beladen mit gras und wind
den stimmen voraus
wie die erinnerung
der zeit

Schließlich steht da

   tarn

   augen
   dann lange schatten
   erst weit dahinter
   träume
   meine tauben aus regen und blei
   erreichbar nur durch südliche winde
   und spurenlos
   loten die angst aus
   in geschmälerter finsternis
   wo nur das rückwärts weicht
   ihr atem
   erloschener samt
   durchstäubt ein meer aus zählbarem licht

   mein alter wunsch ist
   im schatten von steinen
   ein sinnbild zu wittern
   in kreisen vielleicht
   die stimmen gehören

Mit den Fotografien kann die Ärztin mehr anfangen. Schlußfolgerungen auf Karlinas Zustand aus Bildern und Texten zu ziehen, lehnt Doktor Mazzolini entschieden ab. Karlinas Befinden ändert sich nicht. Anfälle treten nicht auf. Die Piloti wird eine freundliche, unauffällige Patientin, die meist lächelnd die Arbeiten der Ärzte und des Pflegepersonals beobachtet und keinerlei Mühe zu machen scheint. Einmal sagt sie: Um den Hund braucht sich niemand zu kümmern, da ich noch heute nach Hause fahre. An manchen

Abenden will die Frau nicht zu Bett. Beim Versuch, ihr beim Ausziehen behilflich zu sein, wehrt sie sich heftig, versucht zu kratzen und zu beißen: sie wolle endlich nach Hause zu ihrem Hund. Neuerdings zieht es sie zum Bahnhof. Sehnsüchtig sieht sie hinaus auf den See, auf den Steg mit der Allee hinüber nach Vandans. Das Auto stelle sie hier ab, später hole sie es nach oder lasse es bringen.

Tagsüber verhält sich die Patientin nach der Äußerung solcher Wünsche wieder ruhig. Nur abends wird sie störrisch und will immer seltener zeitig zu Bett. Sie drängt dann zur Tür.

Schreit die Piloti in der Nacht? Die Ärztin fragt Schwester Angela. Diese weicht zunächst aus. Also doch. Manchmal.

Schreie? Ja: in Form von Bewegungen. So ein Schrei reiße die Piloti in die Höhe, mit offenem Mund und erstarrt werde sie im Bett sitzend angetroffen.

Auf die Frage, was denn passiert sei, antworte sie:

Der Laut ist schon durch die Ritzen zum Fenster hinaus.

Mit einem Lächeln schlafe sie wieder ein. Vorher summe sie noch ein wenig vor sich hin.

Schwester Angela und Doktor Mazzolini sprechen über mögliche Träume der Piloti. Dabei erwähnt die Ärztin ein Gespräch mit der Patientin über die Träume von Polarexpeditionsteilnehmern. Karlina vermutet, solche Männer träumten von vornehmen Diners mit sieben Gängen, von Bergen von Tabak und Briefträgern, welche langwierige Erklärungen über ihre Verspätung abgäben. Sie sitze mit geschlossenen Augen in ihrem Bett und träume den entflohenen Lauten nach. Dazu bedürfe es des Muts und der Zuversicht.

Beide seien selten wie Getreide.

Solche Sätze stehen in Doktor Mazzolinis schwarzem Notizbuch. Während einer längeren Unterhaltung nennt Karlina Piloti eine Reihe von Traumsymbolen, über die sie sich amüsiert.

Sie spricht von Äpfeln und Kirchtürmen, Eisenbahnfahrten, Muscheln und Nagelfeilen, weißer Wäsche und Medusenhäuptern.

Beim Stichwort Zahnausfall sprudelt sie vor Lachen.

Ihre geliebte Mutter sei ein Kind der Liebe: von einem durchziehenden polnischen Bühnenbildmaler, der später von einem Gerüst stürzte.

Er hat Schuhschachteln entworfen. Schuhschachteln und Hutschachteln, groß genug für drei Torten. In Wirklichkeit hat er darin selbst übernachtet, eingewickelt in eine Schürze mit türkischem Gardinenmuster. Als Kind sei sie mit Sherlock Holmes gereist. Das sei schnell erzählt. In achtzig Tagen um die Welt, die Überquerung der Oder auf Planwagen. Später will sie unbedingt eine Ampulle zerbrechen und eine Spritze aufziehen. Sie habe das oft mit ihren Balkonblumen gespielt: Intravenös.

Draußen geht sie auf und ab und sieht allen, die ihr begegnen, lange und eindringlich ins Gesicht.

Lauter Nachtbrüller, beschwert sie sich.

Schnecken, Schränke, Treppen, Tore, Röcke, Stöcke, Björndal Thore.

Derlei singe sie mitunter.

Meine Onkel sind Scott und Amundsen. Nansen ist mein Firmpate. Sie erzähle mit großem Ernst und Eifer.

Das sind lichtklare Blitze, sagt Doktor Mazzolini zu Schwester Angela. Aber in der Fachliteratur ist eine Karlina Piloti nicht vorgesehen. Schwester Angela nickt. Ihr fällt ein, die

Piloti habe kürzlich am frühen Morgen behauptet, einem gewissen Babel begegnet zu sein. Sie nenne ihn Isaak, den Kalkbrenner oder nur den Kohlenbabel. Auch der Name Gorki falle in solch unverständlichem Zusammenhang. Ländernamen.

Nachts spreche sie von fernen Ländern. Am liebsten von Feuerland. Ein Stück vom Rand dieser Welt trage den Namen Feuerland, Ushuaia, sage die Patientin. Dort sei es immer kalt, und das ganze Jahr über liege Schnee. Wörtlich: es ist so kalt, daß die Schiffe im Hafen einfrieren und nie mehr von dort wegkommen. Feuerland. Vergletschert. Vom Festland getrennt. Durch die Straße der Entdecker. Bis auf wenige Ausnahmen sind die Feuerländer ausgestorben. Die Überlebenden können über das Eis gehen. Oder sie sitzen auf den Bergen und spielen auf einer Flöte dünne Melodien.

Tandaradei.

Warum?

Weil Feuerland das Land heißt, über das sich jenes Feuer legt, welches der Drache speit. Mein Drache. Er vollbringt diese Leistung nur für mich.

Karlina Pilotis Augen seien dabei sehr weit, wie sonst nur, wenn sie vom Violett des Heidekrauts spreche, ergänzt Schwester Angela.

Ich möchte durch ein Loch in der Zeit schlüpfen, mit der erhabenen Würde dieser Frau, sagt die Ärztin leise. Dann könnte ich ebenfalls zu den geborgten Orten meiner Kindheit vordringen: eine Welt voll Spielzeug und Nasenbluten. Später geht sie allein im Büro auf und ab und überlegt. Sie kommt nicht weiter. Da schaltet sie das Radio ein und hört das Ende der Abhandlung *Von Drachen*.

Der Held hat den letzten Drachen getötet: *Er geht also auf den*

enormen Kopf des Drachens zu. Die Pupille, die schon zu koagulieren beginnt, wie ein verschmutzter Brunnen, hat noch ein wenig Dunkelheit im Zentrum, ein unendlich unpersönliches Reptiliendunkel, eine Dunkelheit, die verwandt ist mit der Dunkelheit nie geöffneter Seen, verwandt mit der Dunkelheit zwischen den Galaxien. Er blickt tief in dieses Auge hinein und fragt:
– Wer bin ich?
Kaum hörbar flüstert der Drache:
– Geh nur zur Quelle und spiegle dich!
Das tut unser Held.
Das Wasser ist schon etwas schmutzig, aber es erlaubt ihm doch zu sehen: Seinen enormen Kopf mit den eigentümlich hornartigen Auswüchsen, die furchtbaren Nasenlöcher, und durch die Trübheit seines sterbenden Auges eine Dunkelheit, ein unendlich unpersönliches, reptilienhaftes Dunkel, das verwandt ist mit der Dunkelheit zwischen den Galaxien.

Hitzerausch

Sie kommt mir vor wie ein Mädchen, welches mit der Schultasche unter dem Arm einen Hinterhof durchquert, in dem ein Symphonieorchester spielt. Unruhig geht sie in der Wohnung auf und ab, schaltet das Radio ein, lobt die Musik, schaltet das Gerät wieder ab, läßt die Hand über das Fell des Hundes gleiten.

Es wird nicht gesprochen, nur dem Licht zugeschaut.

Ich halte das längere Schweigen nicht aus und erkundige mich nach ihren Arbeiten.

Ob ich mit solchen Fragen Beklemmungen aufheben möchte? Nein. Aber ich werde verlegen. Warum macht sie das, Fragen mit Fragen beantworten? Eine Handbewegung – und der Friede ist wieder hergestellt. Keine bangen Sekunden mehr. Die Gesichtslandschaft ist wieder gleichmäßig.

Zur Zeit arbeite ich an Fotomontagen und Collagen, sagt eine lächelnde Karlina. Sie macht mich neugierig, ich möchte etwas sehen, aber ich bin noch nicht so weit vorgedrungen.

Sie haben alle mit der voranschreitenden Vereisung zu tun. Du brauchst dir nur vorzustellen, von den Alpen streckten sich mächtige Gletscher in die Täler, bis weit hinaus ins Voralpenland. Wie es einmal war. Aber so wird es nie wieder sein.

Bei mir ragen Leiber aus Tiefkühltruhen, und die Silhouette von Manhattan wächst aus einem Gletscher heraus. Regenschirme und Bilder von Nacktbadeständen fügen sich ineinander und stellen ein grönländisches Fest dar. Rauchende Schlote des Industriegebietes verschwinden im Schneegestöber. Überall beherrschen blaue, bläulichweiß schimmernde Eismassen die Szenerie.

Vorsichtig streue ich meine Warnungen dazwischen: grimmige Genugtuung über eine rundum angebrochene Eiszeit breite sich aus in der Idylle des Untergangs. Eiszeit als Metaphernhandschuh für gesellschaftliches Klima sei wohlfeil. Es gebe kaum noch einen scheinbar aufgeklärten Geist, welcher nicht das Frieren zitiere.

Fast unwirsch bekomme ich zurück:

Der Kältetod erzeugt einen Hitzerausch. Blau ist die Farbe des Dachsteins, wattig weich ist der Schnee. Hör mir zu und überleg dir dann, was du antwortest. Meine Arbeit ist Ausdruck eines akuten Mangels, den ich schamlos ausbeute. Willentlich hoffe ich stellvertretend für viele. Dein Verweis ignoriert, daß ich verwoben bin mit dem, was ich sehe, fotografiere und ineinanderfüge. Dabei helfe ich lediglich der Zeit ein wenig nach. Zu Hoffnungsflimmern und tosender Unzulänglichkeit kommt schließlich der Gegenbeweis: das unstillbare Verlangen, geliebt zu werden.

Sie spricht ruhig, ohne große Gestik, sicher und überzeugend.

Dazwischen schiebt sich der Eindruck, nicht anwesend sein zu müssen: sie äußerte ihre Gedanken auch ohne mich.

Dann wieder das Gefühl, sie suche Wärme, wolle Kontakt aufnehmen, weil sie die Hand ausstreckt, so daß ich sie berühren könnte. Ihre Finger vergraben sich im Hundehaar. Ich schwebe zeitweise kopflos im Raum und höre, was über sie gesagt wird: der Duft vergangenen Ruhms. Die Seehex'. All die Anlässe, wütend oder traurig zu sein. Dennoch sei ein Luftsprung möglich, höre ich die Frau sagen. Sie springe schon, stets der Uhr voraus, wie es Aufgabe des verantwortungsbewußten Seismographen sei.

Radiomeldungen, in denen in immer kürzer werdenden Abständen von unaufhaltsamen Schneefällen, von gesperrten

Alpenübergängen, verstopften Autobahnen und stecken-gebliebenen Räumkommandos die Rede ist, entzücken Karlina. Sie beruft sich auf ihre gehorteten Lebensmittel, um Weitsicht und Improvisationsgabe beweisen zu können. Wir sprechen von der Notwendigkeit des Überlebens, bauen Windmühlen und Wolfsfallen, verwandeln die Villa in ein Blockhaus mit dem nötigsten Werkzeug, mit Arzneien und Büchern: draußen das Jüngste Gericht.

Wir hantieren mit Taschenmesser und Stablampe, huldigen dem Esbidkocher, mit dessen Hilfe sonst Skiwachs geschmolzen wird. Haltbarkeitsdauer wird zum Zauberwort, Geschichten vom Kriegsende mischen sich ein, von Schokolade in Dosen, Halbliterkannen Trinkwasser, Thunfisch und Sardellenpaste, Trockenmilch und ewig haltbarem Brot. Karlina nennt es Panzerplatten. Die Erde bebt, Vulkane brechen aus, die tausend Jahre geschwiegen haben. Die Supermärkte sind längst geplündert, die elektrischen Leitungen von den Schneemassen erstickt.

Seit Jahren sei es ihr heimlicher Wunsch, eingeschneit zu werden, vollkommen zugeschneit, von der Außenwelt abgeschnitten. Und drinnen das Krachen der Scheite im Kamin. Tagelang tosende Schneestürme, höchste Lawinengefahr, ein ganz und gar zugeschneites Land: meterhoch sollen die Schneewächten sein und Thulsern in der weißen Pracht ersticken. Sie habe längst Mehl, Zucker und Salz gehortet, Butter und Fett sowie Eier und Nudeln seien im Haus. Keine Angst. Sie geht in die Küche, öffnet die Anrichte, bückt sich leise stöhnend und holt eine Konserve hervor: Dosenfleisch.

Wir klären die Frage, wieviel der Bauer verdiene, der sein Rind schlachte und das Fleisch an die Fabrik verkaufe. Geschichten ranken sich daran. Die Aufschrift der Banderole sowie ein als Serviervorschlag bezeichnetes Rezept steigern das Spiel.

Oft schwebt mir ein Triptychon vor, sagt Karlina: ein Flügelaltar mit einer grünen subtropischen Landschaft, in der sich behäbige Drachen bewegen. Im Hintergrund schroffe Berge wie auf den Panoramakarten der Fremdenverkehrswerbung. Darüber ein strahlend blauer Himmel. Das ewige Eis in Wartestellung. Gletscher sind die Hauptsache. Das Malen von Lawinen und Verschütteten sei eine unerhörte Anstrengung, aber ein schlimmes Ende sei normal. Das Verhängnis sollte nicht steckenbleiben.

Noch einmal schickt Karlina Piloti am 20. Jänner Lenz durchs Gebirg. Die Gipfel und hohen Bergflächen im Schnee, die Täler hinaus und hinunter graues Gestein, grüne Flächen, Felsen und Tannen. Es ist naßkalt: das Wasser rieselt die Felsen hinunter und springt über den Weg. Solche Anstrengung könne doch nicht verschüttet sein. Das Gespräch dreht sich jetzt um das Ende der Geschichte, wie einer mit kalter Resignation im Wagen sitzt, wie sie das Tal hervor nach Westen fahren. Was davon zu halten sei, daß es da einem einerlei ist, wohin man ihn führt.

Ich fordere Auflehnung und setze die nicht aufgegebenen Wünsche zur Veränderung der dauermorgenroten Angst entgegen.

Da nennt sie mich einen Gispel. Ihre Hand fährt durch mein Haar, über die erhitzte Stirn. Es ist viel zu heiß in dem winzigen Zimmer, ich möchte ein Fenster öffnen und sehen, wie die kalte Luft erlösend hereinströmt, als blühten die arktischen Sterne direkt über mir. Schüchternheit befällt mich, stocksteif sitze ich da, lehne mich zurück. Erneut stellt sich die Scheu in die Quere. Die Stille ist wieder eingekehrt. Ich höre, wie Karlina in der Küche hantiert, wie sie das Geschirr abwäscht, und da sie nicht will, daß ich ihr dabei helfe, bleibe ich sitzen und versuche, mich zu orientieren. Ich sehe mich mitten unter öden Felsen, nur mit Moos und Steinbrecharten bewachsen. Da sitze ich wie der Held ohne Schatten, die Luft ist klar und stehend kalt, ich sehe mich um. Mao ist in Wirklichkeit ein Polarfuchs, sagt Karlina, dicht vor mir stehend. Ich habe Eisberge kalben sehen, und in Wirklichkeit heiße ich Schneewittchen. Sie spricht von meterhohen Eiswänden im Süden Argentiniens, ja – sie sei durch das Packeis gekommen. Ob ich es glaube oder nicht, sei bedeutungslos, woraufhin sie mit flinken Schritten, begleitet von ihrem Hund, aus dem Zimmer verschwindet, sogar die Tür hinter sich schließt, sie dann aber wieder öffnet und nur anlehnt, nicht ohne mir vorher noch einen lächelnden Blick, ein Augenzwinkern zu schenken.

Ich höre die Geräusche aus dem anderen Raum. Es klingt wie raschelnde Kleider.

Karlina kommt zurück.

Sie ist in eine dicke Felljacke gewickelt, auf dem Kopf trägt sie eine Fellmütze mit einem Waschbärschwanz. Ihre Beine stecken in bunten wollenen, schenkelhohen Socken, die Füße in kniehohen Fellstiefeln.

Zuerst will ich laut herauslachen, doch dann sehe ich das ernste Gesicht und begreife, daß sie mir, ohne Einwände zu dulden, etwas erklären möchte. Also halte ich mich zurück und unterdrücke den Spott. Sie ist gerüstet, als wollte sie auf der Stelle zu einer Polarexpedition aufbrechen.

Wer ist das friedlichste Volk dieser Erde? werde ich gefragt.

Die Frage ist ohne komischen Unterton.

Ich habe keine Ahnung und zucke mit den Schultern.

Vielleicht die Indianer, denke ich, weil ich weiß: Karlina ist eine Indianerin.

Welches Volk kennt keine Hierarchie und wählt nicht einmal einen Stammeshäuptling?

Damit ist der Gedanke an die Indianer erledigt.

Wer ist frei von Besitzgier?

Niemand, antworte ich, aber Karlina scheint mich nicht zu hören.

Wo gibt es genaue Regeln für Lachen und Weinen, für Beschwichtigung und Entschuldigung, für Güte und Versöhnung?

Ich sitze da, dumm und verlegen.

Karlina nimmt die Pelzmütze ab. Sie schwitzt und sie hat einmal mehr dieses stolze triumphierende Gesicht, das mit meiner Unwissenheit rechnet.

Feierlich beginnt sie zu sprechen:

Ich habe ein paar Monate bei den Eskimos gelebt, weit oben, im Thule-Distrikt, in Familien, wo die Jagdbeute nach strengen Regeln geteilt wird: der erste Jäger erhält vom Fell des Bären die obere Hälfte, der zweite die untere. Auch die Teilung von Walroß- und Robbenfellen erfolgt so, daß Neid und Aggression nicht aufkommen. Nur die Eskimos nennen sich Innuit, das heißt: Menschen.

Karlina erzählt, wie sie mit ihrer daunengefütterten Kleidung Gelächter und Hohn hervorruft, wie die Eskimos ihre alpine Ausrüstung als unbrauchbar verlachen, wie sie zweimal das Zelt einreißen und das Tagebuch mit den Aufzeichnungen zerfetzen. Um sich zu behaupten, muß sie handfeste Beweise ihres Könnens erbringen.

In der uferlosen Weite habe ich meine stille Zeit gehabt, sinniert Karlina ihrer Erzählung nach.

Wale planschen in der arktischen Bucht. Die Jäger erlegen

einen jungen Beluga und ziehen die Beute mit dem Schlepptau an Land, wo die Jugendlichen warten, ihre Messer zük-
ken, die Flossen kappen und die Haut in Quadrate teilen.
Die Innenseite der Haut, das Maktak, ist eine Delika-
tesse.

Ich will wissen, wie Robben schmecken.

Eine hilflose Frage, auf die Karlina gar nicht erst eingeht –
sie redet weiter von den nebligen Sommertagen und dem
Kältetief, welches sie in Kürze auch hier erwarte, ich würde
schon sehen. Ich frage nach den Farben des Himmels über
den Iglus.

Nach einer Pause:

Grauschwarze Wolken. Am Morgen dünner Schneefall. Ich
trage die dicke Daunenjacke, eine wattierte Hose, Fäust-
linge. Der Wind ist starr. So eisern der Himmel ist, so stei-
nern bin ich.

Karlina spricht fast tonlos.

So schwierig habe ich mir die Geborgenheit nicht vorgestellt. Dennoch zeigt sie mir, wie Schwerkraft überwunden
werden kann. Die Frau vor mir wischt sich die Augen.

Eine Zeitlang kann sie nicht sprechen.

Ihr Gesicht verändert sich, die Augen glimmen wie verdäm-
merndes Licht. Sie deutet hinaus durchs Fenster, und ich
sehe eine segelnde Wolke, die aussieht wie ein Haifisch. In
diesem Augenblick sind wir zwei Figuren auf einem alten
Holzschnitt. Durch den milchigen Schleier vor meinen Augen flammt ein rötliches Öl auf ihren Wangen. Ihre Arme
öffnen sich weit, als wollte sie die Ewigkeit umfassen. Aber
da huscht sie hinaus ins nächste Zimmer.

Nach einiger Zeit erscheint sie wieder in ihrer gewohnten
Kleidung mit der bunten, mexikanisch bestickten Hose.

Wir schweigen noch immer. Hilflos halte ich Ausschau nach

Seehunden, gleite in einem Kanu auf eine Eisscholle zu, scharre mit den Füßen. Das Ticken der Uhr tropft in die Stille im Haus am Bannwaldsee.

Robben sind neugieriger als du, durchbricht Karlina das Schweigen. Man sieht die Tiere am besten, wenn sie blauschwarz und träge auf dem weißen Eis dösen. Tote Robben sinken schnell.

Ich aber treibe mit dem Kanu am Horizont schon heimwärts. Ein scharfer Wind drückt das Eis in die Bucht.

Ein Eskimo verzagt nie, versuche ich lachend zu sagen.

Früher nahm man an, werde ich belehrt, Eskimo bedeute Rohfleischfresser. Mutige Missionare aus den Brudergemeinden im Geiste Zinzendorfs verbreiten die ersten Lügen über die Pelzkappenmenschen. Alle Eskimos setzten Mütter, deren Erstgeborenes verstorben sei, auf einer Scholle aus. Ebenso Witwen und Waisen. Noch in meinem Lesebuch hieß es: Eskimos hätten ein plattes Gesicht, eine gequetschte Nase, hervorstehende Backen sowie schwarze fettige, strähnig herabhängende Haare, sie trügen den Mund meist halb geöffnet, ein Ausdruck von angeborener Blödheit stehe in ihrem Gesicht. Frauen und Männer trügen dieselbe Kleidung, in der auch Kinder Platz fänden. Das sei die Wahrheit.

Auch wenn es in den Iglus wegen der mit Seehundtran gefüllten Lampen stinke, seien die Eskimos gutmütig, offenherzig und meist fröhlich. Ihre Augen schützten sie vor dem Schneelicht mit schmalen, gut zusammengepaßten Hölzchen, in deren Mitte sich zwei lange Einschnitte befänden.

Eltern schlügen ihre Kinder nie. Diese brächten ihnen Achtung entgegen bis ins hohe Alter. Die meisten Eskimos erblindeten zeitig.

Den Verstorbenen lege man das Lieblingsspielzeug ins Grab. Karlina Piloti klatscht dabei in die Hände, ihr Gesicht leuchtet. Ihre Augen prüfen den wolkenzerfaserten Himmel. Der Nachmittag biegt sich in die Dämmerung. Dunst steigt über dem See auf und legt sich zwischen die kupfernen Bäume.

Sieh dich um, werde ich ermutigt. Was ist das alles hier gegen die Wohnung der Eskimos? Ich habe bloß den See, sagt sie weiter, der sein Eis eines Tages über meine Hütte werfen wird. Die Bewohner der Polarländer kennen Sommer- und Winterhäuser. Das mit Moos verstopfte Innere ist ein einziger Raum, in dem die Familie lebt, Tran brennt, Fische schlachtet oder ausnimmt. Die kleinen, nicht zu öffnenden Fenster bestehen aus Seehundgedärm. Nicht aus Glas.

Ich will endlich von ihr wissen, wann und wie lange genau sie im hohen Norden gewesen sei, was sie dort gesucht habe, aber Karlina überhört meine Fragen. Vielleicht meint sie, mit ihrem faltigen Gesicht ausgiebig Antwort zu geben.

Erinnerungen an die Eiszeit beginnen mit Harmonie und Dreiklang, erfahre ich. Darauf komme es an: gelassen ein- und auszuatmen in rauher Luft, mit Wölkchen vorm Mund, unnachgiebig zu sein, auch als Gesell von Scherenschleifer und Kesselflicker.

Unverletzlich wolle sie werden, ein abgeschliffener Grönländer. Seit ihrer Kinderzeit trage sie die Mär von den kleinen Siedlungen noch weiter jenseits im Herzen, rastlos und vage wolle sie über die Fjorde schweben.

Seit dem Tag, an dem ich eingeschult wurde, erzählt sie, zernagt mich Fernweh und der Hunger nach Expeditionen. Magisch werde ich davon angezogen, wie vom Magnet-

berg, vor Ungeduld glühend, süchtig nach den wasser-
blauen Häuschen, wo allabendlich das Angsttier durch ei-
chene Fensterrahmen schimmernd entweicht. Endlich
dringe ich vor in ein Land, in dem es still und ohne Unterlaß
schneit.
Sie umschließt meine Hand mit der ihren und flüstert:
Im Schutz des großen umgestürzten Kanus am Strand errei-
chen wir das Gold, die Knochen und die Flüche. Aber jeder
von uns sieht andere Bilder kommen und gehen.

Lippenpalisade

Doktor Kudrun Mazzolini hält fest:

Die Patientin Karlina Piloti fabuliert lebhaft weiter. Öfter als früher läuft sie ziellos in der Klinik herum und verkennt dabei völlig ihre Lage. Auf Fragen bringt sie ständig neue, sich widersprechende Angaben. Die kollegial hinzugezogenen Ärzte haben den Eindruck, sie verheimliche etwas.

Frau Piloti zeigt deutlich Haftprobleme: immer wieder kehrt sie in ihren Gedanken zu bestimmten Aussagen zurück, in der Regel an kontextuell unvermittelter Stelle.

Mehrfach beobachtet Schwester Angela, wie sich Frau Piloti bemüht, mit einem wassergefüllten Joghurtbecher mitten in der Nacht die Blumen zu gießen.

Untertags sitzt sie im Aufenthaltsraum und führt freundliche, belanglose Gespräche.

Sie lebt einfach in den Tag.

Dieser Satz steht sowohl in der Krankengeschichte als auch im schwarzen Notizbuch der Ärztin.

Gelegentlich ist die Ärztin der Meinung, alles was Karlina bewege, sei ihr geliebter Hund, um den sie in Sorge sei, obwohl er, wie immer, wenn sie verreise, bei der Putzfrau, guten Leuten, wie Karlina betont, in Pflege sei.

Hinsichtlich Rasse, Alter und Aussehen macht sie über Mao genaue und konkrete Angaben. Die Mazzolini vermerkt es gesondert, auch sie ist Hundehalterin.

In einer Märznacht versucht die Patientin, Blumen mit ihrem Hausschuh zu gießen, nachdem sie diesen mit ihrem Wasser gefüllt hat. Eine im Haus tätige Bürokraft entdeckt zufällig unter ihrem Briefpapier eine Kunstpostkarte aus der Serie *Italienische Madonnen*. Es ist die *Madonna von Brügge* des Michelangelo, fotografiert von Karlina Piloti.

Doktor Mazzolini spricht sie daraufhin an. Karlina lächelt beglückt und meint:

Ja, sicher. Ich habe das in einem Buch verwendet. Wenn Sie wollen, gebe ich Ihnen die genaue Angabe. Das Buch heißt ganz einfach *Michelangelo*. Ein Bildband. Wie alle meine Bücher.

Aus der Sixtinischen Kapelle sind keine Aufnahmen dabei.

Einmal mußte ich nach Ägypten. Da ging mir das Geld aus. Also verkaufte ich meine Kamera. Eine Nacht habe ich um sie geweint. Es geht mir immer um Gesichter. Sie sind Masken. Oder Fressen, Fratzen, Grimassen. Verstehen Sie?

Auf die Frage, welches Buch sie am liebsten habe, antwortet sie lebhaft:

Augenblick. Ja. *Gesichter des Mittelalters*. Das ist mir gelungen. Madonnen, sag ich Ihnen. Und Engel. Aus verschiedenen Kirchen. Aber ich kann im Moment keine Namen nennen. Sonst hört jemand zu.

Sie flüstert:

Ich bin evangelisch gewesen – aber die katholischen Kirchen, die müssen Sie sich anschauen. Ich sage Ihnen: der helle Wahn. Feuerbach. Von diesem Buch konnte ich leben. Eine Zeitlang wenigstens.

Ich war oft arm. Jetzt mach' ich das anders.

Was machen Sie jetzt?

Ich klaue. Ich bin eine Diebin. Soll ich Ihnen sagen, wie?

Aber Frau Piloti!

Die Sache ist höchst einfach. Sie brauchen nur Nerven. In cold blood. Zuerst gehen Sie in eine Konditorei. Hölzl eignet sich dazu besonders. Sie kaufen ein Stück Torte oder zwei. Vielleicht mit Schlagrahm. Auf jeden Fall lassen Sie sich eine Tüte geben.

Darauf müssen Sie bestehen. Widrigenfalls nehmen Sie die Bestellung zurück. Nicht die Torte ist wichtig, sondern die Tüte.

Torte und Tüte sind Investitionen.

Nur miserable Diebe wollen nichts investieren. Das ist ihr Fehler. Mit Tüte und Torte marschieren Sie zum Supermarkt.

Sie gehen an die Kasse und sagen: Wie man sieht, habe ich schon bei Hölzl eingekauft. Dabei zeigen Sie die Tüte.

Danach schnappen Sie sich einen Einkaufswagen und rollen gemächlich durch die Gäßchen. Selten, daß die Feinkoststraße überlaufen ist. Ein Döschen Kaviar hat leicht Platz unter einer Torte. Dabei müssen Sie nur geschickt sein.

Zauberei ist weniger Magie als Geschicklichkeit.

Aber Frau Piloti!

Ach was, an der Kasse müssen Sie natürlich ein Paket Nudeln bezahlen oder drei Brezeln. So viel werden Sie wohl noch haben.

Wissen Sie, wo Sie hier sind?

Ich bin hergekommen, damit ich Bescheid weiß, wie es bei euch zugeht.

Überall das Eis, draußen auf dem See. Aber das ist, das ist wirklich sauber.

Sie streicht über die Resopalplatte des Tisches.

Ich kann das später alles beschreiben. Was ich mir merke, gibt mir Stärke. Soll ich meinen Hund holen? Da – diese Schwester da – sie heißt Angela – die wird er besonders mögen.

Warum?

Alle Engel verloren ihr Leben. Sie wollen steigen, auf bis in die Höh, wo geblendet sie sich neigen. Wissen Sie, daß Christus Rekordflieger war?

Die Ärztin hat das Gedicht nicht gelesen, von dem die Piloti spricht. Bald unheimlich, bald vertraut hört sie Karlina Piloti über Schutzengel reden. *Albatros*, sagt sie sich und liest während einer stillen Nachtwache wieder und wieder dieses Gedicht.

Wo ist der Hund jetzt?

Bei der Putzfrau – ach, die Straße habe ich mir nicht gemerkt. Aber wenn ich wieder hinkomme, weiß ich genau, wo er steckt.

Vielleicht im alten Haus von Rocky Docky? Kein Wunder, daß es zittert, kein Wunder, daß es bebt. Wenn Sie kommen, werden Sie sehen, daß der Hund Sie zwar skeptisch begrüßt, danach aber sogleich umschwenkt. Er bewacht mich wie ein Großer. Wie einst mein Billibär. Der arme Tanzzottel. Ach, ich weiß nichts mehr, ich habe meine Phantasie vergessen. Mein Schwungrad schleift.

Als eine andere Patientin laut wird und Unruhe im Schlafsaal stiftet, fährt Karlina energisch dazwischen:

Still jetzt, sonst kommt Mao.

Anfang März erhält die Klinik einen Anruf.

Es meldet sich ein Herr im Auftrag des Hausherrn von Karlina Piloti. Von ihm erfährt die Ärztin nur, daß die Piloti das Haus verkauft hat, verbunden mit der Auflage, ihr Lebtag darin den ersten Stock bewohnen zu dürfen.

Viel ist aus dem Anrufer nicht herauszubekommen. Er weiß nur, was sich die Leute so erzählen. Er selbst gibt an, Frau Piloti nie begegnet zu sein: sie solle ein sonderlicher Mensch sein. So sage man wenigstens.

Als sie in einer der darauffolgenden Nächte erneut Blumen mit einem wassergefüllten Hausschuh gießen will und ihr die Nachtschwester Vorhaltungen macht, lacht Karlina hellauf.

So etwas sei nicht möglich. Die Schwester müsse sich in der Person getäuscht haben. Mit Gletschern kenne sie sich aus.

Der Geist war es nicht, sagt sie einen Vormittag lang. Kopfschüttelnd. Am selben Nachmittag jedoch beginnt sie, ausgiebig vom Ausland zu erzählen. Auch in Schottland wandle man wie im Traum über die Heide. Sie habe einen Freund in Ambleside besucht. Dort liege er auch begraben, doch finde sich dort nicht sein einziger Grabstein.

Die Ärztin notiert Sätze, die ihr auffallen:

Es gibt so viele Dinge, die mich in die Ecke stoßen.

Jeder Atemzug ist ein Versäumnis.

Alle friedlichen Gegenstände kämpfen um ein poetisches Dasein.

Eine genauere Auskunft ist hierzu nicht zu bekommen. Spricht sie vom Bannwaldsee, schreibt Doktor Mazzolini, so sind die Sätze für mich verständlicher. Diese Weite ermuntert zum Trotz. Wie so oft nimmt die Ärztin Karlinas Buch zur Hand, blättert darin, um sich schließlich festzulesen:

Platane, steht da. Über bunten Steinen liegt ewiger Sommer. Katzenauge und Tintenfisch leuchten in allen vier Winden. Für sie lege ich meine Hand ins Gelächter. Mit dem Treibsand werde ich entlang der Durststrecke den Fluß hinuntergehen, zum Wüstenrand, wo es ab und zu noch klingt, wo sich das Licht noch wirft und verharrt zwischen markierten Fluchtversuchen. Strandläufer und Gaukler sind meine Freunde. Am Wegrand, nahe der Bannmeile, sitzen Komparsen. Die den Regen riechen, schließen sich Bittgängen an. Ich kreise sie alle ein und werfe einen Stein auf die Küchenuhr. Mein verborgenes Spiel mit Märchen muß Schatten haben und Feuer. Ein Blick noch zur Seite, und die

Schrift nimmt teil. Sperrig im Wortnetz die Nachricht vom Tag, der die Feder schenkt. Fraglos eine Mondlüge hinter der Mondmaske. Jemand streut das Nein darunter, versiert, nennt die Ziffer für die Stunde im Spinnweblicht, wo Worte hinüberspielen in Zeichnung, fährt auch eine schwere Hand dazwischen, von der Lippenpalisade. Mund erstarrt, verlebt. Gegenwärtig bleibt dir ihre Vergangenheit: die unverschuldeten, gleichmütig ermöglichten Abgründe. Heute fallen dazu die Allegorien auf, der Sturz, das Leben immer wieder bis zum Hals. Kleinlaut haben sie es mir ausgetrieben, buchstäblich weggelernt, aberzogen wortwörtlich, systematisch aus geheuchelter Gefälligkeit. So wurde ich angewiesen auf das Auge der anderen, habe mich frühzeitig auf das Ende konzentriert und hoch und heilig vom Ekel gelebt und im Nichts Teppiche geknüpft, indes ich in voller Wucht aufs Scheitern traf.

Kudrun Mazzolini kann nicht weiterlesen. Aber sie kann dem Sog des Geschriebenen nicht entgehen. Mit leiser Stimme sagt sie stockend, was sie gedruckt vorfindet: Das Gesicht alten und abgegriffenen Träumen zugewandt, die ihren Aufguß servieren, bisweilen sogar, wer zögerte da nicht, wenn sie Farbe bekennen, ihn auf der Zunge zergehen lassen, sich loseisen vom Eingefrorensein und doch nicht über den Augenblick hinaussehen. Das vergessene Gesicht geht den Weg aller Worte. Wie abgesprochen ziehen jetzt Fassaden ihren Vorhang, durch den das Glasauge, bis zur Kenntlichkeit entstellt, dem Rapier in die Parade fährt. Los. Lösung. Losung. Bei Hoffnung in Serie. Ein verachtender Blick um die Mundwinkel verwaltet die Wunder.

Die Ärztin sagt es der Patientin vor, und diese wiederholt es, Wort für Wort, murmelnd. Sie gibt Anweisungen zum Gehörten: man müsse es staccato lesen, es einem Musiker übergeben – einem Harmoniumspieler vom Niederrhein. Danach geht das Gespräch nicht weiter. Tollwutbefallene Dachse interessieren Karlina plötzlich mehr. Sie erinnert sich an einen Nachmittag am Bannwaldsee: endlich gab es wieder Licht. Ein Orkan hatte alle Masten geknickt. Der See lag unter Eis. Bis vor dreißig Minuten saßen der Hund und ich in zunehmender Finsternis. Der kristallene Schnee bot keinen Trost. Endlich flüsterte eine verendende Kerze: He, Sie! He, Sie da! Streichhölzer kamen herangesprungen, flammten auf, und ich rettete mich auf den Plattenspieler. Fortan überwand ich die ausströmende Kälte. Ich habe wieder große Wassersorgen. Hier gibt es nur schmutziges Schneewasser, das ich zuerst aufkochen muß. Die Leitungen sind gesperrt. Wasser wird zum Kleinod. In Kanistern hole ich es aus einem Kloster, den Mönchen erzähle ich lauter Lügen.

Bansin übrigens ist der einzige, der den Zauber der Skorpionsbrüder durchschaut: kein Wunder, er ist ihr Erfinder. Sie haben mich alle vergessen, aber ich erinnere mich gut. Sie waren hungrig wie Wölfe, umgeben von Ruinen und dem einmaligen Glück des Aufbruchs. Danach erst kam der Schlamm aus Klatsch, Neid und Eifersucht. Er hat nichts Unterrichtendes, deshalb verschweige ich, was ich weiß. Man muß nicht alles sagen.

Doktor Kudrun Mazzolini kommt wieder nicht weiter. Sie muß warten, bis ihr Karlina eine neue Chance gibt. Es dauert eine Weile, bis sie fragt:

Waren Sie schon einmal auf dem Mond?

Die Ärztin lacht und schüttelt den Kopf. Sie ist hellwach.

Mit dem Mond kenne ich mich bestens aus.

Wie das kommt? – Ganz einfach. Ich kenne jemanden vom

Mond. Einen Kurier, den sie zur Erde geschickt haben. Aber bisher hat sich die Menschheit doch angestrengt, zum Mond hinauf zu gelangen.

Das war falsch. Umgekehrt ist es viel einfacher. Jemand kommt von dort. Er besieht sich die Menschen auf der Erde und will alles übersetzen lassen.

Und wie reagieren die Menschen auf ihn?

Seine Fragen setzen sie in Erstaunen und Verlegenheit.

Das kann ich mir lebhaft vorstellen.

Gerade das bezweifle ich.

Warum nicht? Was sollte Mondbewohner oder Mondmenschen schon von uns hienieden unterscheiden?

Das ist fahrlässig gefragt: sie haben keine Feuilletons. Das Geschriebene steht in einem dicken schwarzen Rechnungsbuch, welches sorgfältig in Wachstuch eingeschlagen in der Tischschublade aufbewahrt wird. Jeden Tag wird eine Stunde lang in das Buch geschrieben. Auf diese Weise geht nichts verloren.

Es scheint sich um eine gewissenhafte Bevölkerung zu handeln, Frau Piloti!

Neue Entdeckungen sind jedermann möglich. Es macht nichts aus, wenn etwas schon einmal erfunden wurde. Jeder Erfinder wird gelobt. Gibt es dafür Lohn?

Selbstverständlich. In einer uns nicht geläufigen Währung.

Wie ist der Kurs?

Er läßt sich nicht berechnen, wie auch Erkenntnis nicht erklärbar ist. Es sei denn im Vollzug. Entscheidend ist die blaue Farbe, die überall in kleinen Pünktchen aufgetragen wird. Jedes Kind erhält bei der Taufe dieses Zeichen: Mädchen am Ohrläppchen, Knaben unter dem Knie.

Ich kann mir nicht vorstellen, wofür das gut sein soll.

Das ist auch nicht nötig. Sie müssen nicht alles wissen!
Aber ich will doch die Geschichte verstehen.
Um eine Geschichte zu verstehen, gibt es viele Möglichkeiten.
Am besten ist der Weg über das Vertrauen. Dann entgeht einem nichts.
Worauf soll ich vertrauen?
Auf all das, was in dem schwarzen Rechnungsbuch geschrieben steht.
Dort finden Sie auch Anleitung zum Mähen und Dengeln, zum Melken und zum Brotbacken. Auf die einfachen Dinge kommt es an. Nicht auf die Schnörkel.
Auch wir müssen lernen, die Grausamkeiten zu verwandeln. Sonst wächst die Trauer ins Unermeßliche.
Leben die Wesen dort in Häusern oder in Zelten?
Sie bauen Iglus wie die Eskimos.
Die Iglus schwingen manchmal wie Schaukelstühle.
Gibt es dort Reichtum und Armut?
Jeder hat, was er braucht. Der Schatz droben im Gebirge gehört allen.
Der Schatz tropft von den Wänden: flüssige Edelsteine, ausgeschwitzt von den Bergen.
Sind dafür Bergwerke nötig?
Sie sind überflüssig wie Könige oder Generäle. Oder wie Professoren. Professoren und Feuilletonisten.
Und wie verständigen sich diese Bewohner?
Manchmal mit Rauchzeichen, meist aber wie wir. Bloß genauer.
Auch die Kinder gehören allen. Kinder und Tiere.
Haben die Kinder Namen?
Da allen alles gehört, sind Namen überflüssig. Wie Generäle, Professoren, Feuilletonisten und Könige.

Gibt es keine Konflikte?

Nur solche, über die man gemeinsam lachen kann. Aber keinerlei Tragik zwischen den Generationen oder den Geschlechtern.

Feuerschlucker und Kesselflicker werden besonders geehrt.

Die Frauen sind schön und wenn sie lieben, duften sie betörend. Männer leuchten wie Sonnen und gehorchen den Frauen gerne. Behauptet der Kurier.

Die Mondfrauen sind hellhörig und vorzügliche Tänzerinnen. Nach jedem Tanz werfen sie ihre Schuhe von sich. Manchmal tanzen sie so lange, bis das blaue Pünktchen am Ohrläppchen glüht.

Sie sind sehr reich, sehr klug und überaus mutig, ohne Leichtsinn. Die Toten bestatten sie dort auf Bäumen und hüllen sie ein in kostbare Decken. Gestorben wird nur selten und wenn, dann ausdrücklich auf eigenen Wunsch. Jeder wird einmal müde.

Ein Paradies, wo es allen gut geht?

Paradies ist nicht das richtige Wort. Es trifft die Sache nicht exakt.

Was wäre besser?

Danach zu streben.

Beide Frauen sehen sich einen Moment an, ehe sie gemeinsam loslachen.

Dabei berühren sich die Hände, und die Zeit scheint still zu stehen.

Es wird kaum gearbeitet.

Ein Volk von Faulpelzen?

Vorsicht! Meist wird Faulheit abschätzig beurteilt. Das ist falsch. Was mir vorschwebt, ist eine Schule der Faulheit. Wie auf dem Mond.

Eine Schule der Faulheit?

Gewiß. Ein alter Plan. Abends wird der Faule fleißig. Müßiggang ist aller Laster Anfang. Arbeit macht das Leben süß, Faulheit stärkt die Glieder.

Die Mondidylle, das Land, wo Milch und Honig fließt? Warum nicht? Ersonnen während des Müßiggangs. Ich gedenke, eine Kulturgeschichte der Faulheit zu schreiben: die bislang größte Herausforderung an den Fleiß. Die Helden heißen Belacqua und Murphy, Oblomov und Macunaíma; auch Gottlieb Theodor Pilz, gestorben am 12. September 1856. Zum Flaneur gehören gläserne Kuppeln und Passagen morbid blühender Städte in einem Säkulum schon auf der Neige. Das Geschäft des Faulenzers aber wider das Ertragsdenken heißt Absichtslosigkeit: Pfahl im Fleische des Tüchtigen, Gegenbeweis hektischer Betriebsamkeit. Saumseligkeit entlarvt Fleiß als graue Vernunft. Doch ein Faulenzer ist etwas anderes als ein Tagedieb, denn er neigt zur Melancholie, liest und phantasiert, spaziert umher und träumt. Mögliches und Wirkliches sind nicht länger getrennt. Nicht selten ist ein Wasser in der Nähe oder ein Instrument zur Hand. Blau ist die Farbe der Faulheit: blaue Stunde, blauer Dunst, blauer Montag, blauer Himmel. Und Friedfertigkeit ist ihre höchste Form, denn endlich sind Arbeit und Freizeit, Denken und Fühlen versöhnt. Die poetische Existenz kann beginnen – jenseits von Zirkel und Winkelmaß.

Faulheit heißt: kein Schmerz, keine Trauer, kein Elend.

Ohne Müßiggang keine Muße. Bisher konnten wir den Kampf um unseren Anteil an Schönheit, Wissen und Utopie nicht aufgeben. Deshalb hat sich die Faulheit als unsere Sehnsucht ausgebildet und erhalten, ewig verbunden mit der Vision von einem Leben, das sich durch Nichtstun auf wundersame Weise selbst ernährt.

Und in den Schulen wird gelehrt, erhobenen Kopfes über

den Mondboden zu schweben. Jeder zusammengeleimte Schwindel ist erlaubt. Blind gepriesene Nutzlosigkeiten. Mit einer Fülle unzerlegbarer, sperriger Geschichten wird akrobatisch langwierig eine Stiege mitten in den Himmel hinein gebaut, wo glutvoll geduldiges Wohlbehagen gedeiht. Es gibt nur noch eine Wissenschaft, ein Gewerbe der Versöhnung von Lust und Fleiß, Leichtsinn und Disziplin, Wunsch und Nutzlosigkeit, Utopie und Geselligkeit, produktiv wie der Neid, erfinderisch wie Klatsch, einig, stark und kühn wie ein Drachensegler, der die Schlösser Ludwigs II. umgarnt. Somit gelingt die Verwandlung des Mißtrauens in Würde. Kompliziertes wird federleicht, einfach und durchsichtig. Die Schüler, die am besten lügen, bei denen sich die Balken am weitesten biegen und die am schnellsten Verzweiflung in Zuversicht verwandeln, werden besonders belohnt. Ein Leben voll Übermut und Zärtlichkeit, die keinen zugrunde gehen lassen.

Gelobt sei der Konjunktiv und sein Ritter Talander.

Im Baum

Während erzählt wird, fällt die Abenddämmerung ein und schwebt bläulich durch den Raum. Aufflackerndes Kerzenlicht schmeichelt den Gesichtszügen, Möbel werfen Schatten, der Hund drückt sich auf den Fußboden. Ein Holzscheit knistert im Ofen. Karlinas Stimme ist feierlich geworden. Die Hände im Schoß gefaltet, sitzt sie da: eine Indianerin vor einem verglühenden Feuer. Streifen scheinen über das Gesicht zu huschen, manchmal zucken die Wangen, oder die Kinnlade flattert. Durch das Dachfenster dringt perlfarbenes Licht. Der See draußen glänzt still und geheimnisvoll. Im Wind wiegen sich die winterlichen Gräser. Der Himmel verdämmert im Zwielicht. Die Fenster werden zu Spiegeln, versilbert von einem letzten Schimmer Abendlicht. Bald darauf dieser Himmel aus Milchglas, unter dem alles erstarrt: eine gemalte Kulisse, in die langsam Flocken hineinfallen, ehe sie zu wirbeln beginnen.

Wie auf Filmstreifen rollen die Geschichten vorbei. Die Glieder werden steif vom langen Sitzen. Karlina erhebt sich aus dem Stuhl und dehnt sich wie nach einer langen Zugfahrt. Sie läuft mir davon, noch ehe wir das Haus zu dem vereinbarten nächtlichen Spaziergang im Schneegestöber verlassen. Hastig kleiden wir uns an, wickeln uns ein gegen Schnee und Kälte. Ungeduldig wartet der Hund vor der Haustür. Er springt übermütig ins Freie wie wir, die wir uns drehen, nach Flocken haschen, die wir tanzen, jeder für sich, dann aber stehenbleiben und stumm in den Himmel staunen, aus dem immer mehr und immer mehr Schnee fällt, durcheinander, sacht und still und flimmernd, so lange, bis einem schwindlig wird. Der Hund läuft los, offenbar kennt er den Weg, weiß, wohin es Karlina zieht. Ich hinterher. Mit

welcher Behendigkeit sie durch den Schnee läuft. Über weiße Wiesen stapfend, Mao belächelnd, wie er sich im frisch gefallenen Schnee wälzt und dabei nach den Flocken schnappt, übermütig und gehorsam zugleich, wird Karlina nicht müde zu reden. Es fällt mir schwer, Schritt zu halten. Von ihrer Vorliebe für Fopperei, Spuk und Trödelkram. Von den Geheimnissen in Plunder und Schutt. Von Trapezkünstlerinnen mit dem Mund voller Goldzähne. Ein Hoch auf die riffkabylischen Banden. Karlinas Schritte werden immer schneller. Der Poncho flattert im Wind. Von Sprüngen auf den Kronleuchter und explodierenden Tomaten. Von einem Abend in der *Closerie de Lilas,* der als Liebesmahl beginnt und mit einer Massenprügelei endet. Halbfertige Sätze aufgreifend, renne ich hinter der Frau her. Der Hund dreht sich, wälzt sich, scherzt. Sie fliege nach Camaret, höre ich. Sie wolle ihrem Namen Ehre machen.
Das ist Lützows wilde verwegene Jagd.
Der Schnee ist leicht, fällt jetzt ruhiger. Der Wind von der Seeseite her ist nicht mehr schneidend.
Mit glühenden Köpfen rennen zwei Menschen durch die Landschaft, die vorbeifliegt wie am Zugfenster.
Oft gehe sie in der Nacht spazieren, beteuert die Piloti.
Spielend lege sie zwanzig Kilometer und mehr zurück. Sie berausche sich an der Überwindung von Entfernungen. Natürlich alles zu Fuß. Dann erst die Lust, vom Weg abzugehen. Kreuz und quer durch Gesträuch und Gebüsch. Schuttabhänge hinauf. Stacheldrahtverhaue übersteigen. Auf pfützigen Feldwegen. Kniehoch im Schnee. Manchmal wie ein wildernder Hund. Danach der Besuch von Bahnhofswirtschaften. Das Studium der Kellnerinnen.
Ich immer atemloser.
Die Irrfahrten des Odysseus, die Lehre der Peripatetiker,

wie viele Geschichten beginnen mit *Gehen*? – Also? Gehen
wir? Gehen wir! Und sich nicht von der Stelle rühren.
Der Poncho fliegt.
Karlina rennt hinter dem Hund her. Ich renne hinter Karlina
her. Ein Geisterritt, dazwischen jauchzende schrille Schreie
der Frau und das Bellen des Hundes.
Was ich zu sagen hätte, interessiert nicht. Sie will nichts von
mir wissen. Wenigstens jetzt nicht. Sie redet vom Gehen
und vom Denken, von der Geschwindigkeit und dem
Gleichmaß. Von den Bewegungen des Körpers, ob mit dem
Kopf gegangen wird oder mit den Beinen. Warum man
sage, man könne nicht auf dem Kopf gehen. Einer habe zu
ihr gesagt, sie gehe wie ein Mann aus der Wüste. Dabei gehe
sie doch eher wie ein Indianer.
Sie sei eine Indianerin, bemühe ich mich um Anschluß. Aber
sie lacht nur. Sie lacht über die Schulter zurück.
Und ein Wort wie Gedankengang?
Oder Vorgang? Jemandem oder etwas folgen können. Ein-
zelgänger. Wer mit ihnen Schritt halten könne? Im Gang
sein, kriechen, laufen, springen, hüpfen, sich von etwas weg
oder sich auf etwas zu bewegen. Einen Ort vermittelst der
Füße verändern, langsam, geschwind, hurtig. Mit den Füßen einwärts, mit den Füßen auswärts gehen. Auf den Ze-
hen, auf den Händen gehen. An einer Krücke gehen. Auf
Stelzen. Ein Kind lernt gehen. Rückwärts gehen, was Hunden nie gelinge. An seine Arbeit gehen. Bis an das Tor gehen. Auf das Feld, auf das Land, an Land gehen. Seinem
Gegner auf den Leib gehen. Auf die Jagd gehen. Auf die
Seite gehen. Auf das Eis gehen. Vom Gehen im Eis. Einem
aus dem Weg gehen. Für einen durchs Feuer gehen. Mit der
Leiche gehen. Zu Grunde gehen. Den Krebsgang gehen.
Keinem ums Maul gehen. Neue Wege gehen. An die Hand

gehen. Mit sich zu Rate gehen. Mit der Zeit gehen. Auf den Leim gehen. Der Krug geht so lange. Das Wasser geht mir bis zum Hals. Zu Herzen gehen. Über sich ergehen lassen. Sich gehen lassen. Ins Gericht gehen. Einen Teig gehen lassen. In die Brüche gehen. Zu weit gehen. Draufgehen. Einen Fehltritt tun. Auf Kohlen gehen. Sicher gehen. Etwas oder jemanden übergehen. Neben dem Weg gehen. Nebenhinaus gehen. In sich gehen. Seiner Wege gehen. Nichts geht mehr. Es geht seinen Gang. In die Irre gehen.
Karlina steht. Der Hund liegt ihr zu Füßen.
Sie steht vor einem Baum. Plötzlich steht sie vor diesem Baum und wartet auf mich. Endlich komme ich nach. Ich will sie bitten, nicht mehr so schnell zu gehen. Aber sie ist schon wieder weiter. Da hinauf, sagt sie. Auf die Kanzel.
Wo hinauf? Ich sehe keinen Hügel.
Auf den Baum, sagt sie und deutet auf die schneebeladenen Äste.
Jetzt, auf den Baum? – Jetzt auf diesen Baum. Sie habe mir etwas zu sagen. Ob sie mir das nicht auch so sagen könne? Nein, unten gehe es nicht, sie könne es nur von diesem Baum herab sagen. Eine Predigt. Sie rüttelt an den Ästen. Es stäubt nur so. Der Schnee liegt leicht und dicht darauf, als habe es eine Woche ununterbrochen geschneit. In dieser herabgesunkenen Stille gibt es nur noch diesen Baum und Karlina Piloti. Alles andere scheint von einer lückenlosen Finsternis verschlungen.
Ich solle ihr behilflich sein, mich mit dem Rücken an den Baumstamm lehnen, die Beine grätschen, um einen guten Stand zu haben, die Hände zu einem Steigbügel falten.
Ich tue, wie mir geheißen. Eine Widerrede fände jetzt kein Gehör.

Mit allez, hopp! nimmt Karlina Anlauf, steigt flink mit einem Fuß in meine beiden zur Trittgrube verklammerten Hände und schwingt sich mit überraschender Leichtigkeit auf den nächsten Ast. Es geht so schnell, daß ich kaum ihr Gewicht spüre. Schon sitzt sie wie eine Möwe auf dem Mast. Sie wippt ein wenig, der Ast schwingt sogar mit. Andere Äste schwanken. Abgebrochene Zweiglein segeln sacht wie Papierflieger zu Boden. Noch hat Karlina die Spitze nicht erklommen. Momentan scheint es, als käme sie nicht weiter. Dann findet sie eine unangreifbare Stelle in einer Gabelung. Jedem, der ihr nachzusteigen wagen würde, bräuchte sie nur einen Tritt zu geben oder auf die Hände zu treten. Aber sie ist nicht unerreichbar. Sie singt und schwingt in der Astgabelung hin und her. Dabei ruft sie mir zu, zwischen Himmel und Erde die Arme ausbreitend:

Keine Silbe, die ich dir je sagte, war wahr.

Jedes Wort eine faustdicke Lüge.

Ich stehe unten und schau zu ihr hinauf, wie vorhin in den Himmel, aus dem die Schneeflocken taumelten.

Nichts als Lügen, ausgegossen über dich wie Sirup.

Ich schüttle den Kopf, verstehe nicht, wie sie es meint.

Sie wippt wieder, der Poncho flattert. Der Hund läuft in weitem Bogen um den Baum.

Das Lügen verdanke ich meinem Großvater mütterlicherseits. Er begann seine Geschichten stets mit dem Bekenntnis, wichtig sei nicht, wie es war, sondern wie es hätte sein können. Wenn er noch im Schlaf mit fuchtelnden Händen das Blaue vom Himmel holte, sagte er am nächsten Morgen: Ehrlich gesagt – wenn man mit dem Herzen nachdenkt, dann war es auch Wahrheit und gar keine Lüge.

Mein Großvater, der Wolkenschieber.

Er hatte ein unbestechliches Gedächtnis für alles, was im Zusammenhang mit unserer Sippe stand.

Leute mit unserem Namen waren Kohlenhändler, Stukkateure und Erfinder. Mehrere wanderten aus, einer brach barfuß nach Jerusalem auf, am Bau eines perpetuum mobile, welches er den Ewigen Umgang nannte, beharrlich verzweifelnd.

Meine Bitten, doch herunterzukommen, seien sinnlos. Ich müsse mir dies anhören, dann würde ich lernen, sie zu begreifen. Noch wisse ich zu wenig.

Ihr Großvater väterlicherseits sei Ofenblechmaler gewesen, Hauptlehrer und Erfinder eines Skiwachses. Er habe sich Zigeunern angeschlossen.

Mein Großvater mütterlicherseits jedoch scharte gern ein Häuflein jauchzender Greise mit verwitterten Ohren und mitleidlosen Katzenseelen um sich – und ich mitten unter ihnen.

Die Frau ist nicht aufzuhalten.

Versponnen ließen wir die Rosen im fahlen Licht schwanken, bis sich die Stille rötete. Und wenn Großvater erzählte, glühte meine Stirn, heiß wie ein Stein in der Sonne.

Sonnenuntergänge zählten zu Großvaters Spezialitäten.

Ohnegleichen konnte er eine schlangenhafte Dämmerung beschreiben.

Eine Reise durch gefaltetes Licht. Durch Milchstraßen von Halbschatten. Flach am Ohr der Träume kauernd.

Dazwischen die Legenden all derer, die er kannte, sobald er nur aus dem Fenster träumte.

Karlinas Pupillen leuchten wie glimmende Kohlen.

Mein Kinderherz bebte, wenn er seine Stimme spannte, als wäre sie die Saite eines kostbaren Instruments.

Dann wieder sprach er mit einer Kaltblütigkeit, die der

Weltentrücktheit eines Schwärmers glich, schritt durchs Gegenlicht, schlampig und schön, hart vor der Dämmerung, gestern wie vor hundert Jahren.

Die Traurigkeit erstarrt auf ihrem Gesicht, während sein langer Blick begehrenswerte Frauen begleitet: Geschöpfe mit karminroten Mundwinkeln. Jetzt höre auch ich, offenen Mundes, wie die Dachsparren im Winde ächzen und die rostigen Schilder an den Kneipen klirren.

Längst hat der Schneefall aufgehört.

Großvater konnte vor Lachen schier bersten oder tagelang nach Schnaps stinken. Aber sobald er zu erzählen anhob, verschwand die Nacht langsam im Fensterrahmen, und unglaubliche Geschichten durchsurrten die Stille. Karlina und ich stehen mit ihm nächtens auf der Straße, über der sich ein schwarz aufquellender Himmel braut, durch den sich trotzige Sterne graben. Und der Wind streicht niedrig übers Land.

Die Teppiche von Trapezunt erstanden vor meinen Augen.

Ich sehe den Alten vor mir: ein Fuchs mit einem runden Buckel, in dem der Kummer hockt.

Über unseren Köpfen schwamm die Sonne.

Sie klettert noch eine Astgabel höher. Es kracht kaum hörbar.

Tausendmal sind wir die unsäglich traurige Straße zum Friedhof aufrecht hinausgeschritten, um die Freunde auf der Friedhofsmauer zu treffen.

Mit überladenen Bäuchen schliefen die Alten, rülpsten im Traum und zitterten wie gehetzte Hunde.

Mich aber streifen die Flügel eines Engels, welche laut Großvater aus Kinderseufzern bestehen.

Und ich erkenne mich und meine Umgebung wie zum ersten Mal, sehe, wie sie tatsächlich ist: verschwiegen, verzweifelt, und dabei doch voll kühner Hoffnung, jeden Augenblick bereit zum großen Flug. Großvater lebte immer in seinen poetischen Wäldern, durchstreifte Steppe und Savanne, kehrte heim, gierig und keine Gelegenheit versäumend, von seinem Leben zu erzählen, das er sich erfand. *Der Wahnsinn Goyas und der Haß Gogols hätten nichts Schrecklicheres ersinnen können.*

In den Geranien fremder Fenster findet der Alte Trost.

Er läßt Nächte schwer wie Felsen auf sich lasten, droht mit den schwarzen Schluchten in den fernen Karpaten, wünscht seinen Feinden einen kalten Samen und vergißt allen Zorn, wenn er von Monden spricht, die auf Flüssen zitterten oder von der leichten, seidenen Dunkelheit des Abendhimmels.

Da treffen Lichtstrahl und Dunst aufeinander, süße Frühlingsabende erblühen, hitzige Umarmungen flimmern in berückenden Lichtern.

Zugleich richtet Karlina seine Augen auf ausgezehrte Frauen und ihr gestutztes Leben, während, vom Baum herab vernehme ich es, um vergoldete Turmspitzen die Daunen aus Zarenkissen schweben.

Ich höre, wie dieser Großvater auf seiner unausstehlichen Geige kratzt, ein paar Haare seines verrauchten Bartes kauend – sehe ihn, wie er in einer Frauennachtjacke ums Haus tappt, den Geigenkasten sowie ein Bündel Noten unter dem Arm.

Sein einziger Zahn schimmerte.

Mit dem Alten bereisen wir die russischen Provinzen, sortieren mit seiner Hilfe das Spielzeug des Zarewitsch, indes blaues Gaslicht über einen im Sessel eingeschlafenen Lakaien fällt.

Karlina erzählt, wie er sie Worte wie Funkenregen oder

Fischwinter lehrt. Und in einer Umarmung voll harter Schleifgeräusche seines verbrauchten Atems glaubte ich ihm in jeder Sekunde jedes Wort, wenn er beiläufig behauptete, seine Hände seien aus Glas – von einer Sanduhr geschliffen. In mir lebt der Sauerteig meiner Großväter, klingt es vom Baum herab. Schneit es? Ich weiß es nicht, denn ich folge Großvaters Blicken. Voll erhabener Gefühle beobachtet er vom Fenster aus die Frau, in die er unsterblich verliebt ist.

Ihre Beine waren so schön, daß es ihm war, als hätte er einen Blitz verschluckt.

Ihre nackten Arme umfloß Seide, ihr Zopf bewegte sich wie lebend an ihrer Hüfte.

Eine stolze, reiche Tochter aus einem Porzellangeschäft. Aglaja: schön wie eine Eisprinzessin. Er: mit glühenden Wangen und töricht-grandiosen Träumen.

Karlinas Lippen werden während des Erzählens immer dünner. Sie schwingt nicht mehr, sondern steigert sich hinein in jene rauschenden Nächte, da man sie, an der galanten Hand ihres Großvaters, für eine glutäugige Russin gehalten habe, von schwermütigen portugiesischen Adeligen leidenschaftlich umworben.

Sacht taumelt der Schnee. Ich kann nicht glauben, auf einem freien Feld unter einem Baum zu stehen, aus dem es wispert und singt, aus dem von Großvaters Begegnung mit Gorki erzählt wird und seine Worte wiederholt werden:

In meinem Leben hat es keine wichtigeren Stunden gegeben. Als ich fortging, hatte ich vollständig das physische Gefühl für meine Existenz verloren. Bei dreißig Grad Kälte lief ich durch den blauen brennenden Frost, in Trance, durch die mächtigen Korridore der Hauptstadt, durch den offenen, weiten, dunklen Himmel.

Dabei habe ihm Maxim nur ein paar Worte gesagt:

*Kleine Nägel gibt es, sagte er, und große, wie mein Finger. Der
Weg des Schriftstellers, Verehrtester, ist mit Nägeln von außeror-
dentlichem Format übersät. Man muß ihn mit nackten Sohlen gehen, Blut wird genügend fließen, und mit jedem Jahr wird es reich-
licher fließen.*

Karlinas Mund steht offen. Sie schwitzt, als habe sie eine
Buche der Länge nach spalten müssen.

Endlich habe die Praxis die Sehnsucht eingeholt, aus der
Versöhnung von Wirklichkeit und Traum beziehe sie un-
endliche Kraft.

Ich höre durch das wieder zunehmende Schneegestöber die
Piloti eine Astgabel tiefer steigen, sich herablassend wie eine
Spinne, die einen neuen Platz zum Schaukeln sucht.

Junge Burschen schleppten zu jener Stunde junge Mädchen
hinter die Mauer, und zwischen den Grabsteinen schnalzten
saftige Küsse. Großvater sitzt auf der Friedhofsmauer, gutmütig und wild: in unmittelbarer Nachbarschaft des Todes.

Noch einmal holt Karlina aus, nebenbei einflechtend, Indianer bestatteten ihre Toten auf Bäumen, ostwärts eingehüllt
in kostbare Decken aus Lapislazuli und Myrte.

Ich aber höre, wie Großvater auf das unglaublichste Begräb-
nis zu sprechen kommt, das Odessa jemals erlebt habe: die
Beerdigung des versehentlich Erschossenen.

Als kennte ich alle Einzelheiten, ahne ich voraus, wann von
den sechsspännig aufgereihten, tänzelnden Schimmeln die
Rede sein wird, deren schwarze Federbüsche wippen. Ich
sehne mich nach dem Satz, mit dem Karlina zu dem sechs-
undsechzig glockenklare Stimmen zählenden Knabenchor
überleitet. Und schon gehe ich mitten in der Prozession,
Seite an Seite mit berühmten Chirurgen und erhaben schrei-
tenden Geflügelhändlerinnen.

Ihre breiten Hüften strömten den Geruch von Meer und Milch aus.
Ein rotes Auto rast um die Ecke, aus einem Radio tönt *Lache, Bajazzo.* Ehe sie herunterspringt, dem Hund pfeift und den Weg heimwärts einschlägt, vollendet Karlina Piloti den Bogen:

Mein Großvater war Soldat in Rumänien und später, mit der Reiterarmee, in Polen. Er bereiste ganz Europa und kannte die Gedichte Puschkins auswendig. Unsterblich ist die Geschichte seines Taubenschlags. Meines Großvaters Großvater wurde auf der Straße erschlagen: *man hatte zwei Hechte in ihn gesteckt – den einen in den Schlitz der Hose, den anderen in den Mund.*

Ich werde diesem Großvater ein Leben lang jedes Wort glauben.

Seine Wunder sind wärmende Verstecke, die meine Ungeduld in Mut und Zuversicht verwandeln.

Von ihm habe ich Begehren gelernt, und daß nichts entschieden ist. Aufgrund einer Denunziation, wahrscheinlich sogar von einem Kind, wurde mein Großvater in der schlechten Zeit verhaftet, eingesperrt, ein Jahr später wieder freigelassen, erneut verhaftet und liquidiert. Wo und wie er starb, weiß niemand.

Das Medaillon

Den Tagen am Bannwaldsee folgt der längste Sommer meines Lebens. Träume steigen auf und gehen sacht wieder unter. Nicht immer kommt die Rettung mit dem Erwachen. Noch einmal sehe ich die Villa wie durch ein verkehrt gehaltenes Opernglas, und mir kommt es vor, als wäre dies der Ort, an den einer erst gelangt, wenn er verschwunden ist, ohne jemals gestorben zu sein: ein Wolkenhaus mit windschiefen Zimmern, aus dem Spinnwebvorhänge wehen.

An Siebenschläfer ist auch die letzte Abiturprüfung vorbei. Reisepläne werden geschmiedet, in der Druckerei im Hinterhaus ziehe ich fünf oder sechs groteske Linolschnitte ab. Viermal bringe ich mit einem Freund den Bahnhofsvorstand zur Weißglut und ärgere die Rentner auf der Parkbank vor dem Kiosk. Dieser Sommer hat nur neun Regentage. Meine Uhr geht in Scherben, ehe ich sie eines Tages ganz verliere. Ein paar Mal fahren wir mit dem Motorrad an den Schwaltenweiher zum Nacktbaden, atemlos hören wir von *Magic afternoon*.

In dieser Zeit verschwindet Karlina Piloti.

In vieler Hinsicht ging damals etwas verloren. Ich brauchte einfach zu lange, ehe ich begriff.

Ich brauche zehn Jahre, um ihre Spur wieder zu finden. Dabei gehe ich viele Holzwege, verirre mich, laufe umsonst, hoffe vergebens. Endlich aber ein Hinweis, der mich weiterbringt. Er kommt von Bansin, aber die richtige Kombination herauszufinden ist meine Aufgabe. Diese Arbeit gelingt. Ich erhalte einen Brief vom Psychiatrischen Landeskrankenhaus Vandans. Die Klinikleitung beantwortet einen Teil meiner Fragen. Wenige Tage später kommt ein Anruf: Doktor Kudrun Mazzolini ist am Apparat. Ich zittere vor

Aufregung. Wir vereinbaren ein Gespräch. Sie lädt mich zu sich, ich dürfe sie besuchen, könne bei ihr wohnen, später mehr, also bis dann.

Ich lasse alles stehen und liegen und fahre los. Unterwegs füge ich noch einmal sämtliche Steinchen des Mosaiks zusammen, über dem ich zehn Jahre saß. Zuletzt Bansins Hinweis und ein kurzer Urlaub in Oesede, wo ich in einer Turnhalle des Nachbarortes die Geschichte einer Brückenhofwirtin namens Libuschka höre.

Ein Steinchen, das eine Lawine ins Rollen bringt.

Ich fahre in der Karwoche. Die Luft ist sehr klar, die Obstgärten der Seegegend stehen in Blüte. Die Fahrt durch das vertraute Thulserner Land mit seinen Wiesen und Hügeln, erst weit dahinter die tückischen Grasberge, noch später, schon in ferner Bläue, die schroffen Gipfel mit dem ewigen Schnee: eine Reise durch mich selbst. Es ist Nachmittag. Bald geht die Sonne unter. Trotz der Föhnluft ist es noch immer eine Wintersonne, die flach über dem See steht und die Stadt in ein milchiges Licht taucht. Es riecht nach kommendem Frühjahr. Draußen vor der Stadt kehre ich ein: ein Landgasthof am Wasser, einst vielleicht Poststation. Auf der Karte lese ich Egli, Äschen, Renken, Seeforellen, Hecht auf badische Art. Blaufelchen bekomme ich empfohlen. Ich will zu Karlina Piloti. Trüschenleber, höre ich. Nein, Piloti, antworte ich. Kennen Sie den Namen, frage ich die Kellnerin, stelle ich mir vor. Pfahlbauten in der Nähe, schilfgedeckte Dächer aus der Steinzeit. Ich denke an Wandmalereien. Funde aus prähistorischer Zeit, lese ich auf einem Prospekt des Gasthauses. Bin ich fündig geworden? Was weiß Doktor Mazzolini? Weiß sie etwas, was ich nicht weiß, nie wissen werde? Was muß ich tun, um es zu erfahren?

Die Ärztin bewohnt eine Villa in Vandans und empfängt

mich freundlich. Der Hund, fast erblindet, hört auf den Namen Stoffel. Wir sitzen auf der Terrasse vor einem weitläufigen Park mit hohen Bäumen und gepflegten Anlagen und trinken Tee. Leis klingend versinkt der Kandiszucker, während ich über Karlina zu sprechen beginne, sogar Briefe herzeige, stellenweise daraus vorlese, meine Gastgeberin die Schrift interpretieren lasse. Wir lachen, denn sie habe, gesteht die Frau, der Stimme nach einen älteren Herrn mit Glatze erwartet. Aber was ich über Karlina wisse, interessiere sie brennend. Vorher jedoch Konversation: über Biographien, was es mit dem Skorpion auf sich habe, was den Beginn der Vereinigung betreffe und was schließlich daraus geworden sei. Wie sonderbar, daß sich keiner mehr um Frau Piloti gekümmert habe. Was davon zu halten sei, Symptom oder Paradigma? Das sind ihre Worte. Präzise Sprache und Genauigkeit des Ausdrucks seien in ihrem Fach gerade bei Krankengeschichten von größter Notwendigkeit. Die Details müßten stimmen, oft seien sie es, welche eine Diagnose entschieden oder Korrekturen herbeiführten. Während ihres Studiums habe sie der Professor noch zu Stilübungen gezwungen, wovon sie heute bei ihrer Gutachtertätigkeit profitiere. Als Arzt müsse man zuerst ein aufmerksamer Leser sein.

Sonderbar, wie sie auf meine schriftliche Anfrage an die Klinik gestoßen sei. Zufällig habe sie diese liegen sehen: die Schreibkraft, auf deren Papagei sie neuerdings während des Nachtdienstes gelegentlich achte, habe sie darauf aufmerksam gemacht, daß nach Jahren jemand auf der Suche nach Frau Piloti sei.

Während Doktor Mazzolini ihren Hund krault, erfahre ich auch von Schwester Angela, die sich scheu zurückhalte: diese Angst vor Fremden, ob sie Zeichen des Alters sei?

Dazwischen: Erzählungen von der hiesigen Fasnacht. Die Hexen schwirren durch den Garten. Wie ist es Karlina ergangen, drei Wursträdchen in der Tasche? Die Tage, an denen es die schmalzigen Fasnachtsküchle gibt. Nebelmännle und Seehasen, plärrende Fröhlichkeit, Larven und Stäglischießer, aufgespießt von den Objektiven der Sofortbildkameras. Westhansele und Scheckereiter, Krutstorze und Schniidelessitzige taumeln am verschilften Uferrand.

Das Foto, das Doktor Mazzolini von der Piloti gemacht hat, verbunden mit der Erinnerung an Sätze der Patientin:

Das Lichtbild ist Gestaltung, Werkzeug der Veranschaulichung und des Nacherlebens.

Sämtliche Fotografien habe ich selbst gemacht.

Vorwiegend mit der Contax aufgenommen.

Die Masken müssen aus der Ruhelage herausgehoben werden, um sie in einer günstigen pantomimischen Einstellung zu zeigen.

Die größte Verwendung aber findet die Maske in den Geheimbünden: bei den Irokesen die Falschgesichterbande, bei den Kpelle in Westafrika der Poro-Bund. Und eine Geheimgesellschaft der Zwillinge. Was ich von den irritierenden Gedichten halte?

Als Lyrikerin habe die Piloti doch keinen Namen? Nie gehabt.

Die Ärztin ist gleichbleibend liebenswürdig und gesprächsbereit. Das vage Vorbeireden Karlinas. Dann wieder die exakten Begriffe. Angst und Suche nach Zuwendung.

Ich lasse mir Paranoia erklären und erfahre Beispiele des Beziehungswahns, in dem der Kranke sich und seine Umwelt umdeute.

Die unglaubliche motorische Dynamik. Denken Sie nur, wie viele Kilometer dieser Walser gegangen ist.

Ich interessiere mich für das einstimmige Wahnsystem, in dem Halluzinationen auftreten, die vorstellungsmäßig gedeutet werden. Literaturhinweise schreibe ich auf.

Bei dieser Gelegenheit erfahre ich vom schwarzen Notizbuch der Ärztin.

Und die künstlichen Paradiese, die Dämpfe der Orakel. Ich höre Begriffe und Kombinationen, registriere wissenschaftliche Erklärungsversuche und denke an die trauernden, an die gebrochenen Augen der Indianerin.

Hohe Empfindlichkeit, heißt es, gehöre zum Krankheitsbild, Schwierigkeiten bei der Umstellung, Perseveration, nach Kretschmer häufig mit leptosomem Körperbau gekoppelt.

Dementia praecox, höre ich, in deren Verlauf der Patient den Kontakt mit der Wirklichkeit mehr und mehr verliere.

Da komme es zu Manierismen und äußerlicher Verwahrlosung.

Aber all diese Phänomene kenne ich auch von mir selbst.

Interessieren sie mich überhaupt und was bedeuten sie im Zusammenhang mit Karlina? Sie sagen gar nichts.

Der Hund läßt sich den Rücken kraulen.

Schwester Angela ist herunter gekommen. Ein scheuer Händedruck.

Langes Schweigen, aber hellwaches Zuhören.

Manchmal nickt sie, wenn die Ärztin von Karlina spricht.

Katatonie, höre ich: hier bleibe die Willkürsmuskulatur in dem Spannungszustand, in den sie gerade versetzt worden sei.

Das Ergebnis heiße Erstarrung. Erstarrung und Vereisung.

Meint Karlina, was sie sagt? Weiß sie, wovon sie spricht?

Spricht sie nur in Bildern, die niemand lesen kann?
Schweißausbrüche und Muskelzittern. Ich gerate in Vorle-
sungshaltung. Hören und Mitschreiben. Zwischendurch, in
Fetzen, Karlinas schnelle Bewegungen, die Villa am Bann-
waldsee, die Villa in Vandans, die Augen auf der Fotogra-
fie.
Noch ein Stück Kuchen?
Ich werde über das Neuron informiert. Eine Baueinheit des
Gehirns. Auch ich soll davon 12 Milliarden im Kopf haben.
Andere Standpunkte sprächen von 25 Milliarden. Wo liegt
da der Unterschied? Golgi habe geglaubt, Neuronen bilde-
ten ein Netz, Forel und y Cajal knüpften dagegen an die
Synapsenthese von Sherrington an.
Ich höre gar nicht mehr zu.
Piloti, sage ich. Was ist mit der Piloti?
Zum Grundschema eines Neurons gehören Soma, Axon,
Dendriten, Myelin, die Ranvierschen Schnürringe. Alles
überraschend einfach.
Eine Nervenzelle leiste 500 Aktionen pro Sekunde. Zur Er-
forschung der synaptischen Übertragung habe man zwei
Froschherzen aneinander gekoppelt.
Das Bedürfnis nach Nähe habe mit extremem Rückzug
gewechselt. Ihre große intuitive Begabung habe das Ärzte-
kollegium verblüfft. Bizarres Verhalten, Rückzug als Not-
wehr, Kollision mit der Realität. Bis zur französischen Re-
volution habe man die Irren in Ketten gelegt, in Zellen
isoliert, heiß und kalt gebadet, das Gehirn durch Eingriffe,
Lobotomie, zerstört. So auch später.
Doktor Kudrun Mazzolini beklagt den leichtfertigen Umgang mit der Realität der Krankheit. Sie legt dabei ein Ge-
ständnis ab:
Von Karlina Piloti habe ich gelernt, daß die Medizin in

Wirklichkeit hilflos ist gegenüber der Macht der Phantasie. Die Visiere sind offen. Aber das ist schon die nächste Welt. Man könne so viele hilflose Bemühungen lesen, viel Habilitationswust, von der Anlagerung bestimmter molekularer Bausteine bis zu Schüben: der Fall Daniel Paul Schreber. Noch bei Jaspers sei die Uneinfühlbarkeit in die Erlebniswelt der Schizophrenen Dogma.

Nein, von der Wirtin Libuschka habe sie nicht gehört, doch schätze sie Anekdoten aus kreuzqueren Feldzügen. Merkwürdig, daß auch diese die Reibeisene gespielt habe, dann wieder obenauf und leichtfüßig. Nein, auch das böhmische Bragoditz sei ihr unbekannt. Wo die Piloti geboren sei, habe sie herausgefunden.

Aber ein Kalenderblatt bewahre sie seit Jahren auf. Ihr Vater, ein im Krieg gefallener Gymnasiallehrer, habe es ihr am Tage ihrer Approbation zum Geschenk gemacht, später habe sie das Heine-Wort mit einer durchsichtigen Folie überklebt, um es zu schützen, sie kenne es jedoch längst auswendig: *Die wahre Verrücktheit ist so selten wie die wahre Weisheit, sie ist vielleicht gar nichts anderes als Weisheit, die sich geärgert hat, daß sie alles weiß, alle Schändlichkeiten dieser Welt, und die deshalb den weisen Entschluß gefaßt hat, verrückt zu werden.*

Wir schweigen und tun so, als achteten wir auf das sanfte Wiegen der Bäume im Park.

Das Angebot, im Gästezimmer zu übernachten.

Schwester Angelas Hände werden unruhig. Die Augen beginnen zu flackern. Sie ordnet die Unterlagen der Ärztin, legt Kante auf Kante. Dann feuchtet sie ihren mittleren Finger an, pickt damit die Brösel des Kuchens auf, sucht mit der anderen Hand den halbblinden Hund, der nicht von ihrer Seite weicht.

Ihr sei oft, als sängen die Kranken, beginnt sie langsam.

Als wären sie allgesamt Mitglieder in einem leisen Chor, geleitet von einem geheimen Dirigenten.

Als sängen sie Lieder von unbeschreiblicher Stille und Schönheit. Sie kenne solche Töne, gesungen von den Novizinnen auf der unzugänglichen Empore von Altomünster.

Nie mehr habe sie solchen Gesang gehört, nie mehr so glasklare Stimmen im kühlen Kirchenrund sich brechen verspürt.

Sie sei sicher: die Kranken sängen – wie sie einen Blinden gekannt habe, für den alle Mädchen dufteten.

Ich sehe diese drei Frauen am Teetisch: eine vollendete Versöhnung. Um Karlina Piloti brauche ich mir keine Sorgen mehr zu machen.

Es wird kühl auf der Terrasse. Schwester Angela erklärt sich bereit, der Frau Doktor den langen Schal zu holen. Doch diese schlägt vor, ins Haus zu gehen. Im verdunkelten Salon steht ein Klavier.

Ich helfe beim Abräumen, trage das Geschirr in die Küche, ich bin am Bannwaldsee.

Im Zimmer ist es ebenfalls kühl. Wir sitzen in bequemen Stühlen, und ich schäme mich solcher Behäbigkeit, will nicht, daß Wohlbehagen sich breit macht. Ich bin wegen Karlina Piloti gekommen. Wieder leuchten ihre trauernden Augen. Das Foto liegt obenauf. Ich lehne mich zurück, langsam spüre ich die Kälte in mir, obwohl ich mir vorkomme, als schaufelte ich unentwegt, als grübe ich um, als schwitzte ich vor lauter Schürfen.

Gelegentlich ergänzt Schwester Angela behutsam die Erzählungen der Ärztin. Beide Frauen haben die Piloti nicht aus den Augen gelassen.

Besonders interessant nennt die Ärztin ihren Versuch mit

dem Diktiergerät, das sie Karlina für längere Zeit überläßt. Die Kranke weiß damit umzugehen, beweist erneut ihr Verständnis für technische Apparate.

Ausgangspunkt ist die Frage der Ärztin, ob Karlina wisse, wo sie sich befinde, wie sie hergekommen sei.

Die Piloti nennt sich einen schwarzen Ritter: ich segle von Aufgabe zu Aufgabe, schnell wie die Atmung hastiger Abkürzung. Dabei fliege ich vorbei und hinweg.

Doktor Mazzolini verläßt den Raum und geht hinüber in ihr Arbeitszimmer. Nach einer Weile kehrt sie mit dem handlichen Gerät zurück. Brillenwechsel, danach eine kurze Erklärung der Funktion.

Ich höre Karlinas Stimme! Laut und deutlich höre ich sie. Sie spricht ruhig, fast gelassen. Häufiger knackt es. Es sind die Unterbrechungen, wenn sie wieder abschaltet. Wie lange die Pausen dauern, erfahre ich nicht.

Jetzt stehe ich wieder erhaben auf Bahnhöfen herum, sagt die Stimme, unter hellen Glaskuppeln: Zeichen einer Architektur der Hoffnung. Wo sind denn die Jordanier, Palästinenser oder Türken? Vergeblich suche ich nach eingeschüchterten Frauen auf Pappkartons. Wo sind die Mädchen in zu engen Mänteln, mit Kopftüchern, groß wie Zweimannzelte? Tief in der Stirn, wie der Prophet es befahl.

Dafür eine Menge Strandläufer in Turnschuhen und Morgenmänteln. Ein Redakteur spricht Widmungsgedichte. Die Spuren, verwischt in trügerischer Lust. Vorbei an Fahrkartenschalter und Joghurtständen, wo federgeschmückte Folkloregruppen aus Nepal Poppkorn verteilen. Bei aufgehendem Vollmond umarmen sich Waldorfschülerinnen, wenn die Wiesen den Bodennebel ausschwitzen. Betriebswirte aus Obervolta schlagen rhythmisch die Trommel.

Die Ärztin unterbricht. Karlina wisse, wie sie auf Lindisfarn gekommen sei.

Fremdenführer hätten sie umzingelt und zu einer Limousine eskortiert. Ein Kinderarzt habe sich in ihrem Haus eingenistet. Sie sei in den Fond des Wagens gedrängt worden, habe sich jedoch bequem auf einer Liege ausgestreckt. Rosenkranz und Güldenstern habe sie nicht mehr sehen können. Bilder amerikanischer Filme seien ihr eingefallen. Die Fahrt sei am Konzilsgebäude vorbeigegangen, einst Lager- und Kaufhaus für den Leinwandhandel, später Ort der Papstwahl. Stadtgarten und Seepromenade. Pappeln. Überall Pappeln. Erinnerungen an den ersten Zeppelin während der Fahrt durch die Gassen der Altstadt. Der schwarze Wagen passiert Hallenbad und Sauna, ein Casino, eine Briefmarkentauschzentrale, den Kindergarten sowie die überdachte Kunsteisbahn, wo die Straße eine sanfte Biegung macht. Von dort führt der Weg zu blinkenden Kinoreklamen: *Gone with the Wind* und *Grandison*. Weiter: Heilbäder, Schachzentrum, Schießstand, Pferdeschlittensammelplatz, Wildfütterung. Ein Rudel Rentiere breche aus dem Gehölz. Danach spüre sie den frisch aufgekiesten Weg unter ihren Sohlen, jedoch bedränge sie eine Türkin, welche ihr sämtliche Kleider abnehmen wolle.

Was hat das Band noch aufgezeichnet? Sätze über Erhebungen, sanfte Hügel, Gletscherzungen und Hautfalten. Aussagen über Winde und Schädelknochen. Alle versammeln sich in Beschreibungen von Masken. Darin verwoben sind Klagen über Verabschiedungen, häufig wiederholt der Schmerz, von Freunden im Stich gelassen zu werden. Am schlimmsten aber sei, nie etwas von ihren Geheimnissen erfahren zu haben.

Von welchen Geheimnissen könnte sie sprechen?

Was habe ich verschwiegen?

Warum habe ich so wenig von mir erzählt?

Welche Bedeutung hätte es gehabt?

Mir ist es doch immer auf sie angekommen.

Meine Bewunderung hat sich hinter meiner Verlegenheit versteckt.

Nein? Ich habe doch alles mitgemacht. Ich war Teil eines Spiels.

Habe ich sie enttäuscht?

Ich will nicht mit der Ärztin darüber sprechen, obwohl ich genügend Zutrauen hätte. Auch zu Schwester Angela, die stumm am Tisch sitzt und zweifellos Gedanken lesen kann.

Schwester Angela fällt noch etwas ein.

War da nicht die Rede von Kunstflug und Wahrheit des Himmels? Von der Sprache? Vom Wort? *Sprechunfähig fliegen die Hexen aus den Häusern. Der Eisenriegel der Hütten kommt aus dem Boden. Man schütze sich gegen die hauchlosen Lider der WennWölfe. Das Wort ist ein unerklärliches Geräusch. Krank wurde der Mensch daran.*

Und weiter: Karlina gedenke des armen Yorrik und vergebe den beiden Wärtern, die sie in ein großes Haus auf einer Insel gebracht hätten: Rosenkranz und Güldenstern und das Chateau d'If. Die Ärztin ergänzt: Die Erde aber, Frau Doktor, in der Menschenleiber verwesen, eignet sich vorzüglich für die Umwandlung in Glas. Eine hohe Kunst. Glas ist unverweslich. Nichts geht verloren. Das Eis ist besiegt. Denken Sie nur, was man alles aus Glas machen kann.

Sogar ein Medaillon.

Flug in den Mittag

Die Sehnsucht gleitet an der Haut entlang.

Kudrun Mazzolini gibt ihre Erkundungsflüge nicht auf. Wieder und wieder vermißt sie das Gesicht ihrer Patientin: Falten, Gräben, Risse.

Am 7. März wird Karlina Piloti von einem großen generalisierten epileptischen Anfall geschüttelt. Es ist etwa gegen 18 Uhr. In der Nacht darauf, gegen zwei Uhr sowie gegen fünf Uhr, plagen sie die Ausläufer des Bebens. Sie bekommt Medikamente, wird heruntergespritzt und verbringt das Wochenende ratlos, verwirrt und unruhig.

Erst nach Tagen ist der Blick wieder klarer.

Der augenfachärztliche Befund vermerkt: keinerlei Stauungspapille. Von der Ärztin nach ihrem Befinden befragt, zeigt die Patientin auf ihren Gürtel und sagt:

Ich fummle schon den ganzen Tag daran herum. Schließlich habe ich das gelernt. Wie heißen die Moiren?

Klotho, Lachesis und Atropos. – Wo haben Sie das gelernt, Frau Piloti? In Kartaus?

Nein. In Machu Picchu.

In der Nußbaumstraße?

Ja, da hat es mir aber nicht gefallen.

Wo sind Sie dann hingegangen?

Zurück an den Bannwaldsee. Den Weg der Lachse.

Und was machen Sie hier?

Jetzt will ich endlich heim. Ich bezahle auch dafür. Ich bezahle für alles.

Karlina fragt nach der Uhrzeit.

Schon so spät. Da muß ich aber sofort los. Angezogen bin ich ja schnell. Geben Sie mir doch bitte den Poncho herüber.

Ich brauch bloß die Glöckchenhose. Können Sie mir etwas Geld pumpen? Sie bekommen es bestimmt zurück. Oder ich schenke Ihnen noch ein Foto. In der nächsten Zeit schon.

Was wollen Sie kaufen?

Flaschen.

Flaschen?

Flaschen, in denen etwas drin ist. Es gibt da verschiedene Ansichten. Die süßlichen Liköre sind nicht so gut. Alle meine Skorpionsbrüder haben tüchtig zugelangt. Zu Hause habe ich ein Buch über Destillerien. Sie wissen schon: die alten Barden. Wir treffen uns am 16. Juni. Das ist ein besonderer Tag. Unter welchem Sternbild sind Sie geboren?

Die Ärztin ist verblüfft. Jungfrau. –

Karlina lacht laut und sagt: Ich bin Steinbock. Aber natürlich ist das kompletter Unsinn.

Fürchten Sie sich davor, eingeschneit zu werden?

Keine Spur. Ich habe Vorräte. Und wenn der Mississippi über die Ufer tritt, schwelge ich auf hellen Tüchern, bis mich die Lanzenschlange holt.

Die Ärztin erkennt sofort eine Zeile aus dem mit Packpapier eingebundenen Buch. Eine Spur? Wie weit geht Karlina mit?

Wie geht es weiter, Frau Piloti? – Lanzenschlange . . .

Die Ratsuchenden torkeln durch die Bordelle. Auf Messingtellern bring ich dir die ergebnislosen Gelehrten. Alle haben gestanden, daß sie ein Wächteramt annehmen werden, wenn sie die Tanzmädchen beschützen dürfen.

Wissen Sie noch mehr solche Geschichten?

Schon.

Aber an diesem Tag ist die Patientin bereits schnell erschöpft. In der Nacht unternimmt sie wieder Wanderungen durch die Korridore der Klinik: Stufen, Treppen, Türen, Fenster. Eine Nacht um die andere. Stufen-Treppen-Türen-Fenster.

Die Nachtschwester bringt sie zurück.

Ein Zwischenfall. Karlina schreit laut auf:

Ein Neugeborenes, das aus der Wiege starrt.

Wo ist ein Neugeborenes?

Medikamentöse Ruhigstellung.

Am Sonnenufer stehen die Frauen und plaudern.

Doktor Mazzolini vermeidet es, den Redefluß der Patientin zu unterbrechen.

Sie ist wieder anfallsfrei, psychisch unverändert, vollkommen desorientiert.

Doktor Mazzolini beantragt nach Ablauf der gesetzlichen Frist am 13. April beim Amtsgericht Thulsern eine Pflegschaft.

Am 28. April wird Karlina Piloti auf eine andere Station verlegt. Ihr Bett wird benötigt. Sie ist nach wie vor in der Obhut von Angela und Kudrun.

Nach wie vor anfallsfrei. Ist der psychische Zustand ebenso unverändert wie die euphorische Grundstimmung bei vollständiger Orientierungslosigkeit?

Mit überzeugender Miene erzählt sie kleine Geschichten von ihrem gerade anwesenden Hund, während sie im Tagsaal an den Tischen vorüberstreift.

Das Auto wird abgemeldet. Arbeit mit dem Notizbuch.

Die Ärztin trägt ihr Bedauern ein, noch immer keine Nachricht vom Amtsgericht Thulsern hinsichtlich einer Pflegschaft zu haben.

Will denn niemand Pfleger sein?

Am 16. 8. wird übereinstimmend vom Kollegium massive Demenz bei euphorischer Grundstimmung diagnostiziert.

Karlina will erneut nachts Blumen gießen. Ihre Wanderungen werden zur Regel.

Zeitweilig nimmt die Patientin von der Ärztin und von Schwester Angela keinerlei Notiz.

Bürgermeisteramt und Amtsgericht ist es noch immer nicht gelungen, einen Pfleger ausfindig zu machen.

Erst am 17. Oktober, also sieben Monate nach dem Antrag, wird laut Mitteilung vom Amtsgericht Thulsern ein Diplomkaufmann als Pfleger bestellt.

Dem Amtsgericht wird bestätigt, daß der Verfall der Patientin weiter fortgeschritten ist und eine hundertprozentige Pflegebedürftigkeit besteht.

In einer Zeitschrift findet Doktor Mazzolini anläßlich eines Besuches in einem Antiquariat einen weiteren Text von ihrer Patientin.

Flug in den Mittag

Rhythmisch wie Babylon teilt sich
mein Schatten
Ich warte auf Regenwolken
dann drehe ich
den Rücken dem Wind zu

Das Jahr geht ohne besondere Vorkommnisse zu Ende.

Im Januar nimmt Karlina endlich an Gewicht zu.

Die Demenz besteht weiter in vollem Ausmaß.

Karlina Piloti ist verwirrt und desorientiert.

Ihre Eisvisionen treten verstärkt auf, auch vereinzelt Bilder aus der Kindheit sowie von Reisen.

Am 22. April erhält die Patientin Besuch von ihrem Pfleger. Er macht einen guten Eindruck auf die Ärztin.

Die körperlich gut erholte, aber extrem demente Frau lächelt leerverbindlich und gibt einige kurze Bemerkungen von sich:

Das muß man so machen.

Haben Sie das?

Das ist ja reizend.

Der Pfleger hat den Haushalt aufgelöst.

Seinen Ermittlungen zufolge hat die Patientin noch Rücklagen, vor allem durch die Zugehörigkeit zu einer Erbengemeinschaft.

Nach seinen Kenntnissen habe die Patientin in der letzten Zeit vor ihrem Verschwinden Umgang mit einem jungen Mann gehabt.

Ein Schweizer präsentiere neuerdings einen Wechsel über 8000 Franken. Was Frau Piloti dafür als Gegenleistung erhalten hat, ist unbekannt. Hat der Schweizer das Auto nach Vandans gefahren?

Die Ermittlungen verlaufen im Sand. Es bleibt bei Vermutungen.

Ein Rechtsanwalt erkundigt sich nach der Geschäftsfähigkeit von Karlina Piloti. Der Pfleger hat den Eindruck, daß Gegenstände aus der Wohnung verschwunden sind.

Vor allem Masken.

Zum Jahresende baut Karlina Piloti körperlich so sehr ab, daß sie ab 20. 12. stationär behandelt werden muß.

Sie nähert sich dem Endstadium. Folgen sind zeitweilige Aufhebung jedweder sprachlicher Kommunikationsmöglichkeit und leeres, freundlich scheinendes Lächeln.

Der Zustand ist unverändert, als sie der Pfleger am 30. Mai noch einmal besucht.

Er kann den Fund eines Testaments melden.

Danach wird ein erheblicher Teil einem Kinderheim in Macondo zugedacht. Die Putzfrau wird mit Kleidern, eine gewisse Margot mit einem leeren Bankschließfach bedacht.

Der Fund des Testaments sei kurios gewesen: als die Müllmänner einen alten Schrank aus dem Haushalt der Erblasserin in die Schuttgrube gekippt hätten, habe sich eine Rückwand gelöst, an welche mit Reißnägeln der verschlossene Umschlag mit der Aufschrift *Mein letzter Wille* geheftet gewesen sei.

Außerdem gibt der Pfleger an, ein wenig Silber an einen seriösen Thulserner Antiquitätenhändler verkauft und mit dem Erlös Außenstände beglichen zu haben.

Jetzt sei er froh, die Sache Piloti vom Hals zu haben.

Im Sommer verschlimmert sich Karlinas Befinden.

Der Abbau wird noch einmal radikal beschleunigt.

Karlina liegt meist, lächelt dement, ist mutistisch.

Sie spielt mit kleinen Stofftieren, einem Hasen und einem Igel.

Mit größtem Kraftaufwand gelingen gelallte Sätze wie:

Das ist aber hübsch.

Der Appetit ist gut.

Dieser Zustand ändert sich nicht bis zum 20. Dezember.

Ohne daß sich in letzter Zeit irgendwelche Hinweise einer körperlichen Krankheit gezeigt hätten, kommt es am Abend dieses Tages zu einer Blutung, die auch während der Nacht nicht gestillt werden kann.

Die Absonderung ist blutig-serös.

Karlina Piloti wird sofort an den zuständigen Gynäkologen überwiesen. Die begleitende Schwester Angela hört, daß der Arzt von Carcinom spricht.

Am 24. Dezember blutet Karlina nicht mehr.

Sie hat an die 40 Grad Fieber und ist somnolent.

Sie ißt nichts mehr und trinkt nur noch kleinste Mengen.

Der Puls ist schwach.

Agonaler Zustand.

Karlina Piloti stirbt am 20. Januar gegen 12 Uhr mittags im Psychiatrischen Landeskrankenhaus Vandans.

Ein weißes Laken wird über sie gebreitet.

Sie sieht wie zugeschneit aus.

Wo sie begraben ist, weiß niemand.

Fahrenheit

Zehn Jahre später. Vorbei der Trost der Beruhigung. Zweifel: Ich kann doch nicht einfach zu spät gekommen sein. Jetzt liege ich im Halbdämmer im Gästezimmer der Villa, den Bildern ausgeliefert, die wie Papierdrachen in meinem Kopf durcheinandersegeln. Das Gesicht von Karlina. Es schließt sich behutsam, wie die Blätter eines empfindsamen Farns. Es gebe, sagt sie, Nächte, erinnere ich mich, in denen sie über alten Fotos sitze, den Kopf in die Hände gestützt. Anschließend gehe sie in völliger Dunkelheit noch lange im Zimmer auf und ab.

Wie jetzt: ganz deutlich höre ich von nebenan, getrennt nur durch eine dünne Wand, mitunter ein leises Schluchzen, einem müßigen Summen gleich. Ihre Stimme raschelt wie Seidenpapier. In welcher Villa bin ich? Höre ich nicht Karlina in sich hineinschreien, eine neue Finsternis ausbrüten? Oder gelingen Brücken über die Gletscherspalten, Ausflüge durch die Welt? Gegen das Versäumnis antretend, überspringe ich den Tod. Die Türen gehen nicht zu. Ich werde einen Berg versetzen. Ich: ein zitterndes Kaninchen, alle Schrecken längst verwehter Zeiten vor den Augen. Endlich kann ich ihr davon erzählen.

Ich weiß jetzt wo ich bin, wo mein Platz ist.

Ich sehe mich zu Hause sitzen vor den Fotos, allein, in einem aufgelassenen Pfarrhof, außerhalb, genauer: oberhalb der Ortschaft, eingezäunt von Haselnußstauden und weitläufigen Viehweiden. Abend für Abend sitze ich allein im Nähstuhl am Fenster und übe mich im Erzeugen von Angst. Mit Lesen habe ich nichts im Sinn. Lieber schaue ich mir Fotos von einem Filmstar an. Mir gefällt diese Frau, mir gefällt ihr Trotz, den man von Augen und Mund ablesen kann. Solche

Lippen hätte ich auch gerne. Trotzig kann ich auch sein, nur fotografiert mich niemand dabei. Ich bin allein mit meinem Talent in diesem Haus, Pfarrhof und Bauernhof zugleich, in dem es längst kein Vieh mehr gibt. Nur noch ein paar Hühner. Wir wohnen im ersten Stock. Ein riesiges Zimmer, Wohnzimmer und Schlafzimmer zugleich, beherrscht von einem unheizbaren Kachelofen, eine schlauchartige Küche. Dahinter ein langer schmaler schwarzer Gang zum Wassertrog. Um dorthin zu gelangen, muß ich die Küche verlassen, vorbei an den weiten Umhangmänteln meines Vaters, des Landboten, die wie präparierte Nachtfalter an der Flurgarderobe hängen.

Morgen, nehme ich mir vor, werde ich Karlina erzählen, was bisher niemand erfahren hat. Mein Geheimnis.

Von der steilen Stiege am Ende des Ganges hinunter in den Hausgang, in dessen Boden die Luke für den Keller eingelassen ist und von der leiterähnlichen Stiege ohne Geländer hinauf auf den Dachboden, einen gänzlich unheimlichen Bereich des verlassenen Hauses: stickig, staubig und gefährlich. Solche Strecken sind nur laut pfeifend zu bewältigen. Wie oft ist mir abends, als zerrte mich eine Hand den Dachboden hinauf oder die Stiege hinunter zum gähnenden Schlund des Kellerloches? Solange ich im Sommer an den hellen Abenden das vertraute Geräusch des dengelnden Nachbars höre, solange bin ich in Sicherheit. Erst wenn die Fledermäuse beim Dachfenster ein- und auskurven, jener efeuüberwucherten Schleuse, welche nicht mehr geschlossen werden kann, beginnt wieder die Angst. Was wird Karlina dazu sagen, wenn plötzlich das trockene Hämmern des Dengelns verstummt? Und erst im Winter, wenn es früh Nacht wird, wenn die Fratzen noch schrecklicher sind? Sind die Stunden wirklich verweht, in denen es dumpf ans Kinderzimmer klopft, pocht es nicht ebenso an die Wand des Gästezimmers dieser einsamen Villa, die umgeben ist von einem leeren Campingplatz sowie dem weit hinaus zugefrorenen See? Die Sommerabende sind kaum ein Problem. Solange es nur irgendwie geht, treibe ich mich draußen herum, streife durch Wiesen und Felder, sauge den Geruch des frisch gemähten Grases ein, atme den Duft des Heus. Meistens sitze ich in einem meiner Baumhäuser, die ich mir in den Astgabelungen der mächtigen Haselnußsträucher gebaut habe. Dort kann ich mich wunderbar verstecken, immer wieder wippen und so lange hin und herwiegen, bis mich das Stöhnen der Äste vor einem Sturz warnt. Niemand weiß, wo meine Baumhäuser liegen. Spielkameraden habe ich keine, denn der Sohn des Nachbarn, zwei Jahre älter als ich, ist vom Heustock gefallen und hat sich das Genick gebrochen. Ich erinnere mich genau, wie er dalag und ein dünner Blutfaden aus Mund und Ohr lief. Die Augen waren bereits glasig, als seine Eltern herbeistürzten. Karlina wird erfahren, was mich besonders faszinierte: der weiße Kindersarg, in den sie Luis hineinbetteten. Nur weil ich ihn zuerst fand, wußte ich, daß dort, wo im Sarg helle Sommerblumen den rothaarigen Kinderkopf kränzten, ein Loch klaffte, aus dem Blut geflossen war. Weil Luis ohnehin ein Fuchskopf war, fiel der blutverkrustete Fleck gar nicht weiter auf. Obwohl es ihm sein Vater immer wieder verboten hatte, im Heustock herumzuturnen, wenn kein Erwachsener in der Nähe war, hat Luis den Fluch der bösen Tat zu spüren bekommen. So drückte sich die Lehrerin aus. In der Todesanzeige, um die ich meinen Freund heiß beneidete, stand: im blühenden Alter. Blühend. Da gleich hinter dem Haus der Weg zum Friedhof begann, fuhr ich manchmal an den langen warmen Abenden mit meinem Holzroller zu Luis ans

Grab und redete mit ihm. Wenn es dann zunachtete, raste ich nach Hause, wo ich sofort die Treppen hinaufhastete, alle Lichter und das Radio andrehte und schweißgebadet in einen Stuhl fiel, in dem sonst meine Mutter am Fenster saß, wenn sie nähte.

Um auf andere Gedanken zu kommen, stehe ich noch einmal auf und greife mir ein Buch, beginne zu lesen, bis die Buchstaben schwimmen, bis ich nurmehr gedruckte Zeilen sehe, dahinter aber den Nachhauseweg mit dem Roller, vorbei an den Thujahecken. Ich sehe es ganz deutlich: es sind die Unfallbilder von James Dean, die mein Bruder sammelt, weil er diesen Schauspieler, den man einen Liebling der Götter nennt, verehrt. Ich sehe das silberne Wrack des zusammengepreßten Porsche, glaube, nicht nur das Wimmern von nebenan, sondern auch die Schreie hören zu können, in die sich das hemmungslose Weinen von Luisens Mutter mischt. Ich meine sogar, das Blut riechen zu können und zu sehen, wie es langsam aus Mund und Ohren läuft. Am Schluß der Szene erkenne ich, wie nicht nur James Dean aus den Trümmern gezerrt wird, sondern auch ein kleiner Junge mit Lederhosen, einem blutverklebten Schädel und Sommersprossen im Gesicht. Die Lehrerin spricht sonderbare Sätze, von denen ich mir nur den Anfang merke: *Alles geben die Götter, die Unendlichen, ihren Lieblingen ganz.* Auch ich will ein Liebling der Götter sein und beneide Luis um seinen Sturz vom Heustock, am meisten aber um die Todesanzeige und den weißen Kindersarg, hinter dem sein klobiger Vater, seine gänzlich mit schwarzen Schleiern verhängte Mutter sowie die Kommunionkinder gehen: die Mädchen in steifen weißen Kleidern, mit Kränzchen im Haar, die Buben mit dunkelblauen Anzügen und einem Myrtensträußchen am Revers. Das Grab von Luis ist nicht besonders groß. Aber es kommt mir sehr tief vor, tiefer als unser Keller. Ich werde der Piloti beschreiben, wie die Erde auf den Sargdeckel prasselt: wie ein lauter Regen an einem heißen Tag auf das Blechdach der Wagenremise. Vielleicht schießen mir dabei wieder Tränen in die Augen, denn der weiße Sarg wird immer schmutziger. Unter den Schleiern der vom Schmerz geschüttelten Mutter hindurch lese ich, was auf dem Grabstein des Nachbargrabes steht und denke an die Lehrerin: *Und jedes fällt, wie's Gott gefällt.* Darunter erkenne ich deutlich einen Zweig, von dem sich ein Blatt gelöst hat. Es ist mit Ofenrohrsilber nachgemalt. Die Kommunionkinder streuen Blumen auf den Sarg. Wieder beneide ich Luis und habe eine große Wut auf Gott. Warum fallen mir all diese Bilder ein, warum jetzt, während ich allein in diesem Gästezimmer liege und doch nicht lese? Vielleicht, weil ich spüre, was die ganze Zeit mit uns passiert, daß wir uns herumdrücken um etwas, das wir fürchten und doch nicht aufhalten können, wie eine Verabschiedung? Ich werde Karlina beim Wort nehmen, werde sie daran erinnern, was sie mir schrieb, als wir uns das erste Mal verabredeten: komm, erzählen wir, solange wir erzählen, sind wir unsterblich. Also werde ich ihr erzählen. Auch von Brigitte, nach der ich mich einst verzehrte: auch sie ein Liebling der Götter. Auf manchen Fotos hatte sie die Handgelenke elegant mit schmalen weißen Bandagen verbunden, als wäre sie eine Reckturnerin. In den Zeitschriften stand, dies stamme von einem Selbstmordversuch. Sie habe sich mit einer Rasierklinge die Pulsadern öffnen wollen, sei aber noch rechtzeitig gefunden worden. Da man sie sofort ins Spital gebracht habe, sei sie vor dem Verbluten gerettet worden. Sie habe die Schnittwunden unter Wasser gehalten und daher besonders heftig geblutet. Ich werde Karlina genau erzählen, wie ich mir lange überlegte, ob ich die Lehrerin fragen sollte, ob man den Schnitt an den Pulsadern längs oder quer ausführen muß. Außerdem wird Karlina erfahren, was es mit dem Radiohören auf sich hatte. Wenn ich allein zu Hause saß, weil meine Eltern das Postamt drunten im Tal putzten, Abend für Abend, drehte ich immer das Radio an. Wir hatten einen Löwe-Opta mit Tiefenregler. Wenn ich die Bässe voll aufdrehe, vibriert die Stoffverkleidung vor dem Lautsprecher. Über der Sucherskala befindet sich in der Mitte des Gerätes ein magisches Auge: wie das ewige Licht über dem Hochaltar. Manchmal drehe ich, um Fernweh zu bekommen, die Anzeigenadel auf Namen wie Sofia, Hilversum oder Monte Ceneri. Mein Bruder hört nur AFN. Meine Lieblingssendung hieß *Music in the Air*. Ich werde Karlina die Erkennungsmelodie vorpfeifen, weil ich sie heute noch weiß, wir werden über Jazzmusiker sprechen, deren Namen und Lebenslauf ich dem von meinem Bruder abonnierten Jazzkalender entnehme. Die Kalender hängen mit den Bildern von James Dean kreuzquer an der Wand des Kinderzimmers. Die Frau wird erfahren, wie es ist, wenn man in einem stickigen Postsack fiebernd vor sich hindöst und darauf wartet, daß die Eltern endlich mit dem Putzen fertig sind, sie aber immer noch den Schalterraum wischen, den Verteilertisch wachsen oder das Messing polieren. Wollte die Piloti nicht wissen, woher ich komme, woher ich stamme, wie ich aufgewachsen bin? Hat sie sich nicht schon mehrmals danach erkundigt? Jetzt werde ich ihr endlich sagen, wie ich jedesmal zusammenzucke, wenn Anna Kolik, eine Flüchtlingsfrau mit schrundigen Fingern und einem schwarzen, bärtigen Kinn ausholt, daß es durch die leere Postagentur hallt:

Da wallt dem Deutschen auch sein Blut,/Er trifft des Türken Pferd

so gut,/Er haut ihm ab mit einem Streich/Die beiden Vorderfüß
zugleich./Als er das Tier zu Fall gebracht,/Da faßt er erst sein
Schwert mit Macht,/Er schwingt es auf des Reiters Kopf,/Haut
durch bis auf den Sattelknopf./Haut auch den Sattel noch zu Stük-
ken/Und tief noch in des Pferdes Rücken;/Zur Rechten sieht man
wie zur Linken/Einen halben Türken heruntersinken.

Und mir wird wieder die Blutspur einfallen, die Luis aus
dem Ohr getreten war. Wenn Karlina ihren Hund streichelt,
werde ich ihr erzählen, wie ich die Katze aus dem Dachbo-
denfenster geschleudert habe, weil ich den Beweis für die
Behauptung suchte, eine Katze nütze den Schwanz beim
Fliegen zum Steuern und komme immer auf den Beinen auf.
Wieder werde ich die Bilder von Brigitte sehen, wie sie da-
steht, in hübschen, luftigen Kleidern, umgeben von jungen
Männern, die alle auf sie blicken. Mit meiner neuen Freundin werde ich durch die Wohnung streifen, ins Kinderzimmer, vorbei an den Unfallbildern von James Dean, das Qua-
ken der Frösche werden wir hören, herauf vom nahen Tümpel, auf dem man im Winter Eishockey spielen kann und
Schlittschuhfahren mit einem Gerät, das mein Vater Sohlen-
reißer nennt. Ich werde Karlina im Sommer mit in die Wagenremise nehmen, in der hinten in einer finsteren Ecke das
Jauchefaß aufgehängt ist, in dem Luis mitunter sitzt und
U-Boot spielt. Die Jauche war längst zu brüchigen Fladen
erstarrt, die man wegstoßen mußte, wenn man den Deckel
des Fasses öffnen und hineinkriechen wollte. Niemand sagte
Remise zu dem Gebäude, jeder nannte es das Spritzenhaus,
weil daneben ein großer Brunnen mit einem mächtigen Ei-
senbottich stand, bewacht vom Hydranten in drohender
Schwärze. Ich sollte das Buch weglegen, ich lese ja doch
nicht, aber ich halte mich daran fest, als schwüre ich darauf,
morgen der Piloti meine Geschichte anzuvertrauen und da-

mit endlich diese Zeit zu verabschieden. Auch vor dem Brunnen hatte ich Angst, und im Singbuch war eine schreckliche Zeichnung neben dem Lied, das wir öfter sangen: *Ist ein Mann in' Brunnen g'falln*. Noch einmal werden wir im Spritzenhaus nach altem Feuerlöschgerät suchen. Aber keine Spur davon. Es beherbergt allerlei Gerümpel, das dem Bauer Hitzelberger gehört, dem Milch- und Leichenkutscher. Die Leute heißen ihn den Sakramenter. Er hat einen Sprachfehler, stößt schauderhafte Worte aus und flucht gotteslästerlich. Sein Schatten, der ihm überall hin folgt, ist Fedor, der gefangene Russe. Er ist seit jenem Jahr auf dem Hof, in dem Hitzelbergers Sohn vermißt wurde. Fedor ist Knecht, später wird er Sohnersatz und trägt dessen Kleider. Er spricht kaum ein Wort: ein rabenschwarzer Kerl mit einem verwilderten Bart. An Sommerabenden kauert er am Tümpel, wippt und wimmert. Und ich werde der Piloti den mächtigen Schleifstein zeigen und sie zum Stellplatz des Leichenwagens führen: ein klappriges Gefährt mit abbröckelndem Lack, fliegenverdreckten schwarzen Vorhängen und einstmals silbernen Quasten und Fransen. Manchmal sitze ich oben auf dem Bock des Leichenwagens und denke über mein Leben nach, über Luis und den halben Türken.

Auf dem Kutschbock des Leichenwagens kauernd, lese ich die Lesebuchgeschichte von der Feldmaus, die sich hoffnungslos in der Stadt verirrt, sowie vom Wettlauf zwischen Hase und Igel: *Zum vierundsiebzigsten Mal aber kam der Hase nicht mehr zu Ende. Mitten auf dem Acker stürzte er zur Erde, das Blut floß ihm aus dem Halse, und er blieb auf dem Platz. Der Igel aber nahm sein gewonnenes Goldstück und die Flasche Branntwein, rief seine Frau aus der Furche ab, und beide gingen vergnügt nach Hause.* Ich habe diesen Schluß im Lesebuch unterstrichen und sehe den Igel des Bildchens neben der Geschichte, wie er, die Schnapsflasche schwingend, im Mondenschein heimwärts torkelt, während der Hase tot auf dem Acker liegt und blutet, vielleicht wie Luis. Die Kinder verschwinden wieder im Berg, und Rumpelstilzchen reißt sich entzwei. Trost finde ich bei der trotzigen Brigitte, die schön ist und geheimnisvoll, stets umgeben von Kostbarkeiten. Ich aber bin allein zu Hause, durchstreife die Wohnung, um etwas zu finden, ein Mittel gegen die Angst. Ich ziehe Schubläden auf und stoße sie enttäuscht wieder zu, weil ich den Inhalt schon auf den ersten Blick kenne, denn ich habe die Schubläden schon tausendmal auf- und zugezogen. Beruhigt es mich, wenn ich, rastlos hin und hergehend, die Möbel berühre, mit dem drohend aus der Wand wachsenden Wasserhahn spiele, um das Geräusch zu hören, wie das Wasser tropft, dabei daran denkend, wie die Erde auf den weißen Kindersarg prasselt? Ich werde Karlina gestehen, daß Luis gar nicht vom Heustock gefallen ist, sondern daß ich ihn gestoßen habe, weil er einen weißen Sarg, bestreut von Blumen, sowie eine Todesanzeige in der Zeitung bekommen hatte, weil er die Erde auf sich fallen hörte und ein Liebling der Götter war. Der Küchenschrank verwandelt sich in die Eigernordwand, in der ich hänge wie ein hilfloser Japaner.

Schließlich werde ich das letzte und größte Geheimnis preisgeben: ich habe doch noch etwas gefunden. Während des Auf- und Zuziehens der Kästen und Kommoden in dieser alleingelassenen Wohnung, die einem Eisberg gleicht, stoße ich auf einmal auf dieses Buch. Es liegt unter abgelegten Schals und Handschuhen und ist zuerst gar nicht als Buch erkennbar. Obwohl ich nie besonders viel gelesen habe, vor allem wegen der grausamen Lesebuchgeschichten, beginne ich dennoch wie unter Zwang, mich sofort für dieses Buch zu interessieren. Allein daß ich es gefunden habe, fesselt mich derart, daß ich versäume, die Schublade wieder in Ordnung zu bringen und sie zu schließen. Ich nehme das Papierbündel und setze mich in den Nähstuhl am Fenster, schalte *Music in the Air* ein und sehe, ehe ich den Fund genauer untersuche, hinaus in den dämmernden Septemberabend, hinunter zu den Haselnußstauden, wo ich die Stellen entdecke, an denen ich meine Baumhäuser gebaut habe. Das Buch liegt wunderbar in der Hand. Eine Bibel für jeden, aber auch jeden Eid. Es hat ungefähr die Größe eines Gebetbuches. Es ist ein Buch ohne Einband und ohne Titelblatt oder sonst eine Illustration. Bald stelle ich auch fest, daß die letzte Seite meines Buches unmöglich sein Schluß sein kann. Vielleicht ist es nur der erste Band einer langen Reihe von Fortsetzungen. Oder es ist ein Glied mitten aus einer solchen Kette, und ich kenne weder Anfang noch Ende. Jedenfalls wiegt es federleicht in der Hand. Es hat gelbliche fettige abgegriffene Seiten, an denen ich sofort rieche und deren rauchiges Aroma gegen die Mitte zu feucht und gräbelig wird. Ich sauge diesen Duft ein, und mir kommt dabei vor, als hätte ich damit schon mehr als die Hälfte gelesen. Jetzt wende ich es hin und her, betaste es hinten und vorne, stelle es auf den Kopf. Ich streichle es, fahre über den Rücken, einem knochenbleichen drahtigen Gestrüpp aus Fäden, Nähten und verkrustetem Leim. Ein Wunderbuch. Wie ist es überhaupt in unsere Wohnung gekommen, wird Karlina wissen wollen. Von meinem Bruder konnte es nicht sein, denn er liest Tom-Prox-Heftchen oder seine bizarren Filmzeitschriften mit immer neuen, bislang unbekannten Bildern und Berichten von James Dean. In meiner Familie wurde nie gelesen: höchstens Illustrierte und die Fortsetzungsromane im Thulserner Boten. Putzfrauen und Landboten lesen nicht. Das dickste Buch zu Hause in der Nische des Kachelofens ist groß wie ein Meßbuch, ganz in Leder und heißt *So kocht man in Wien.* Wer konnte das Zauberbuch in die Schublade gehext haben, dorthin, wo ich schon oft gewühlt, bisher aber nie etwas gefunden habe? Nur ein Mensch kommt dafür in Frage, jemand, der mich immer wieder lenkt und auf Neues bringt: jene Base Maria, die von der Motorradfahrerin Piloti erzählte. Maria ist jemand, der Bücher besitzt. Wie aber mag dieses Buch heißen? Ich kann mir keine Antwort geben, so wenig es logische Erklärungen für sein plötzliches Auftauchen gibt. Also muß ich welche erfinden: zuerst Namen für den Verfasser. Auch meiner ist darunter. Und dann die Titel. Sie werden geboren und verworfen, obwohl ich noch kaum eine Seite zu Ende gelesen habe. Deshalb dauert die erste Seite sehr lange. Alle Titel haben entweder etwas mit dem Fundort oder mit meinen Ängsten zu tun. Oder hat Base Maria das Buch geschrieben? Base Maria, eine Dichterin? Geschichten erzählen und ausschmücken, das kann sie. Neben diesem magischen Buch wird das Lesebuch immer dünner, bis es fast ganz verschwindet. Ich vergesse die Fotografien mit Brigitte, an diesem Abend höre ich nicht einmal mehr, wie *Music in the Air* zu Ende geht. Bisher habe ich immer darauf gewartet, daß sie *Moon River* spielen, eine Melodie, die mich stark machte, so daß ich gut einschlafen konnte. Ich sitze im Nähstuhl am Fenster und merke gar nicht, daß es draußen längst Nacht geworden ist. Ich lese nur noch. Mein Buch beginnt mit Seite 15, und ich werde Karlina die ersten Sätze laut und langsam sagen: *Ich weiß nicht,* steht dort, *ob es nicht doch die Wahrheit war. Sie kleidete sich jedenfalls wie eine Indianerin. Sie trug nämlich eine Kette von Türkisperlen und hatte so viel Rouge aufgelegt, daß es einen blendete; ihre Backen glühten wie zwei ewige Lämpchen.* Ich habe diese Sätze auf der Stelle auswendig gelernt, in eine nächtliche Bläue der Rundsicht blickend, mit glänzenden Augen, den Kopf voll verschlungener Pläne, die nie entknotet würden. Mühelos gelang, wie es nie wieder sein würde. Ebenso habe ich mir den letzten Absatz gemerkt, mit dem mein erstes Buch auf Seite 207 aufhörte: *Es war, als ob keiner von uns sich dessen bewußt war, was wir im Sinn hatten. Mit stillem Staunen überblicken wir das Land von dem Friedhofshügel aus, und Arm in Arm stiegen wir hinab zu dem som-* . . . Damit endet mein Roman, den ich, wie nur die Piloti weiß, die nebenan gegen ihre Gespenster kämpft, oft und auf ganz unterschiedliche Weise weitergedacht und ausgesponnen habe, immer neue Fäden knüpfend, im Fensterstuhl oder in den Baumwipfeln sitzend, wippend und singend. In dem verzaubernden Buch geht es hauptsächlich um die Geschichte eines Jungen namens Collin Fenwick, der sich mit zwei schrulligen Damen, einem alten Richter sowie einem Herumtreiber, die in einem Baumhaus wohnen, mit Brombeerwein bedudelt, um eine Nacht lang Geschichten zu erzählen: *Ein Zweig schwang zurück, Mondlicht durchflutete den Baum.* Ich konnte mir immer wieder neue Geschichten dazu ausdenken. Auf diese Weise ist mein Buch, das so gut in der Hand lag und so fremdartig roch, immer dicker geworden. Die Piloti wird verstehen, wenn ich ihr sage, daß seit dem ersten Satz Wohnung sowie aufgelassener Pfarr- und Bauernhof oberhalb der Ortschaft, eingebettet in Viehweiden, von Haselnußstauden bekränzt, nicht länger von gußeiserner Angst umklammert sind, sondern friedfertig und sanft. Dachboden, Keller sowie die halsbrecherischen Stiegen leuchten wie mit Ofenrohrsilber verziert. Das Buch in der Hosentasche, traue ich mich auch beim Zunachten hinaus zu Luis ans Grab. Manchmal hocke ich am Tümpel im Gras neben Fedor und höre ihm beim Wimmern zu. Sicher habe ich ihm sogar die Hand auf die Schulter gelegt, wenn er besonders traurig war. Von meinem Buch aber hat bisher niemand ein Sterbenswort erfahren. Ich las und las, und dabei verschwanden alle grausamen Lesebuchgeschichten in einem tiefen Brunnen. Alle stickigen Postsäcke verbrennen mit den fledermausartigen Umhangmänteln lodernd im Kachelofen, Radio Monte Ceneri sendet *Moon River*, wozu jemand behutsam einen fremden Rhythmus dengelt, zu dem sich sanft ein rotschopfiger Kinderkopf wiegt. Man könnte die Sommersprossen fliegen sehen. Eine segelnde Katze und ein fröhlicher Hase verlachen am Rande eines Ackers einen trunkenen Igel. Anna Kolik summt heiter vor sich hin.

Noch jetzt, noch in dieser Nacht – immer lese ich beim Gedanken an Karlina Piloti die Geschichte vom hohen fernen Präriegras und vom Rauschen eines Paternosterbaumes (welch ein Zauberwort), der ein Laubhaus in seiner Krone trägt. *Die Grasharfe war es, die alles bewahrte, die alles erzählte.* Mir gelingt, was bislang keinem gelang:

Ich überwinde die Schwerkraft und spüre beim Lesen eine Kraft in mir, als könnte ich mich durchgraben – durchgraben bis Alaska, oder mit jedem Umblättern ein Erdbeben auslösen.

Meridiana II

Steinmetz wollte ich werden und einen Menschen finden, dem ich meine Fischskulpturen zeigen konnte, einen, der dieses versteinerte Schweigen aufbräche, auf daß es beredt würde: einen Verbündeten. Zu zweit, ahnte ich, könnten wir unschlagbar sein. Wir könnten die schnellen Lösungen vermeiden, die überhasteten Verbunkerungen, die Entdekkung von immer mehr Feindesland. Außerdem wollte ich noch mehr erfahren, noch mehr lernen, noch mehr wissen, Vergangenes verstehen, Gegenwärtiges frei von Zweifel entscheiden und Zukünftiges voll heißer Neugier umarmen. Solange ich jedoch allein blieb, fand ich nicht, was ich suchte. Um Rundsicht zu gewinnen, mußte ich noch höher schweben und dazu war Genossenschaft notwendig. Da war ein wenig beachteter Mensch, aber dürstend wie ich. Hand in Hand mit ihm auf den Trümmern zu sitzen, gäbe Trost und Stärke und überwände das Verzagen. Trotz des Stillstands lockte der Fortschritt. Zu immer neuen Ideen konnten wir reisen, sobald wir erkannten, ohne viel Herzblut, daß sich einst gute Ansichten verbraucht hatten und alt geworden waren. Wir hofften immer öfter, ein Tor würde sich auftun zu einem Garten voll goldener Äpfel an hohen Bäumen, und wenn wir eines Tages dann, alt geworden, auf einer steinernen Bank vor dem Haus sitzend, wieder wortlos geworden, zurückdächten, was uns alles möglich geworden war, fühlten wir den Schnee weicher, und die Straßen erschienen uns länger und die Plätze weiter, als wir jemals zu denken im Stande gewesen waren.

Zu zweit wollten wir aufsteigen, bis in den Ohren dieses Tosen und Brausen war. Wir wollten gefaßt sein auf Verachtung und Ablehnung, ohne dabei ein Gramm jener Lei-

denschaft einzubüßen, mit der wir, als wären wir dazu ver-
flucht, die Welt neu, immer wieder neu erfinden. Indem wir
uns Kühnheit und Mut spendeten, um das Gleichgewicht
halten zu können, wollten wir zuletzt den Tod besiegen und
alles, was drückt, auf einem Stecknadelkopf versammeln.
Dann wäre das Innere des Mundes von der Dürre befreit,
und das Begehren bräuchte nicht länger vor Scheu stecken-
zubleiben, ohne jede Hoffnung auf Erfüllung.
Die schimmernde Verlockung des Möglichen.
Voraussehen, was gewesen ist.
Spuren verwehen und Erinnerungen zerspringen noch im
Akt der Beschwörung unwiederbringlich wie ein Glas.
Noch einmal werde ich, den Mund zum Himmel gedreht,
im Hitzerausch den Winter austreiben und mich bereit hal-
ten zum Flug in den Mittag. Albatros wird vom Berg in der
Ebene niederschweben und mit ihm die Seehex', indes der
Mond über dem aufsteigenden Rauch steht, beschützt vom
Großvater im Baum, im Wolkenhaus.
Doch der größte Kreis am Himmel, der Meridian, birgt auf
seiner Bahn zwischen Pol und Zenit einen Platz, an dem die
Fäden sich kreuzen: eine Stelle, von der aus, blicke ich auf
die kreisförmigen Kolonnaden, zwei Säulen aussehen wie
eine einzige.
Dort werden Gräber und Gesichter eins, verbinden sich zu
einer Schnur von Medaillons, die ich immerfort trage.
Denn nichts ist entschieden, und nichts geht verloren.
Alles kann wiedergefunden werden, solange Trost und
Kraft reichen und unsere Sehnsucht ungehemmt begehrt.

Inhalt

Literarische Debüts in der
Collection S. Fischer

Karl Corino · Tür-Stürze
Gedichte. Fischer Taschenbuch Bd. 2319

Clemens Eich · Aufstehn und gehn
Gedichte. Fischer Taschenbuch Bd. 2316

Ria Endres · Am Ende angekommen
Fischer Taschenbuch Bd. 2311

Marianne Fritz · Die Schwerkraft der Verhältnisse
Roman. Fischer Taschenbuch Bd. 2304

Wolfgang Fritz · Zweifelsfälle für Fortgeschrittene
Roman. Fischer Taschenbuch Bd. 2318

Wolfgang Hilbig · Abwesenheit
Gedichte. Fischer Taschenbuch Bd. 2308

Klaus Hoffer · Halbwegs. Bei den Bieresch 1
Fischer Taschenbuch Bd. 2306

Literarische Debüts in der
Collection S. Fischer